宠物侦探故事集

【日本】藤原博史 著
董纾含 译

译林出版社

目 录

前言

您听说过“宠物侦探”这份职业吗？

乍一看，这份职业似乎有些可疑，其实就是专业寻回走失宠物的侦探，负责搜寻那些去向不明的猫猫狗狗。我从事这一职业至今已有十五个年头，在这期间，找回过两千多只丢失的宠物。

或许你会疑惑，帮人寻找宠物能赚钱吗？又或许，你会以为寻找小动物的工作听上去一派田园牧歌风情，暖心而又轻松。但这实际上是一份相当艰苦，少有人能坚持下去的职业。宠物侦探要进行十分枯燥乏味的体力劳动，比如一遍遍走很远的路，或者不停地张贴启事，还经常会莫名陷入纠缠不清的人际关系之中……

委托我出马的案子，大约六成是找猫，三成是找狗，剩下一成是找异宠，如：雪貂、土拨鼠、兔子，以及鸟类等小动物；极偶然的情况下也有人委托我寻找过毒蜘蛛、毒蛇等。宠物品种不同，找回概率也会有所不同。不过，我最终能找回七成以上的宠物。

近年来养宠热潮高涨，人们的居住环境也有所变化，围绕宠物所发生的状况也在不断变化。我想，或许人与宠物的关系也在一点一滴地变化着吧。宠物侦探这一特殊职业能够作为一门生意成立，恐怕底下的基础就是这样的现代社会环境。

我这本书将向您揭开“宠物侦探”这一尚未为世人所了解的职业的幕后真容，还会讲一讲那些给我留下深刻印象的宠物和它们主人的故事。

不论您是否喜爱宠物，我都真心希望读了这本书，您能发现“宠物侦探”这份工作的魅力所在。

2013年3月6日　藤原博史

原注：本书由作者根据其实际经历撰写而成，但考虑到委托方的隐私，书中对一些细节部分做了相应调整，请读者理解。

第1章

职业宠物侦探

Case 1

如何找到丢失的猫咪？

“我家猫已经三天没回来了。”

寻找宠物的委托，都是从这样一通电话开始的。

接到委托人的电话，了解概况之后，我会去实地取证并填写咨询单。接下来，我就举一个最近接手的案例来给大家介绍下我们的工作流程吧。

京都郊外，住着一个姓斋藤的老奶奶，她从很久以前起就在这儿经营一家酒铺。她委托我寻找的是一只猫。斋藤奶奶和两个女儿一起住，她家的院子非常宽敞，院子里大约养了三十只猫，去向不明的是其中的一只名叫“正宗”的公猫。正宗是一只黑茶条纹的短毛狸花猫，外貌非常普通，属于随处可见的那种家猫。因为斋藤家的院子很大，奶奶平时都让猫自由进出。这种情况如今在市中心虽然逐渐减少了，但在那种比较传统的住宅区里，很多家庭依旧会这样“半散养”猫。猫儿正宗平时出去玩够了都会回家，可貌似只有那天出了意外。

每次接到案子，首先我都会尽可能掌握每个细节，诸如：猫（狗）的品种、名字、性别、年龄、是否绝育、是否戴项圈、身体特征、性格、行动模式、失踪时的情况等，总计三十个问题。我会将它们记录在咨询单上。随后，我会在地图上查看失踪现场周边的地形。除了普通的道路地图、详细的住宅地图，我最近还会用到谷歌卫星街景地图。

此外，我还会请委托人提供一张宠物照片。这张照片不但会用在寻宠启事和传单上，我也能从宠物的脸上了解到更多信息。身体特征自不必说，照片还能透露出宠物的健康状态和性格。看上去一脸沉稳的乖宝宝，还有野性十足、生命力旺盛的宝宝，这两类宠物的找法是截然不同的。

那么，说回猫儿正宗。听了斋藤奶奶的描述，再结合照片中正宗的气质，我做了综合评判：它的好奇心并不太强，是只性子温吞的猫；而且从肥胖圆润的体形推测，它应该走不了多远。

正宗平时经常和另一只名叫“白雪”的猫咪一同行动。据斋藤奶奶说，正宗失踪当天，她亲眼看到它和白雪一起出了院子。相比正宗，白雪的体形更标准，属于更为活跃的类型。我猜，正宗恐怕是在和白雪一起行动的过程中有些自信过头，跑到了平时不会踏足的较远的地带，然后被困在那里回不来了。

取证、写好咨询单——到这一步，还属于所有案子的通用步骤。接下来，一百只动物就会有一百种搜寻方式了。我会根据之前取证的内容制订搜寻方案，在有些案子中，大范围张贴启事比较有效，而有些案子则更适合在主人家周围投递传单。有些宠物甚至在主人家的住宅区域内就能找到。的确需要具体问题具体分析。

有的宠物并不会跑太远，它们更有可能就近隐藏起来。比如胆子比较小，活动范围较局限的猫咪。针对这类宠物，就应该缩小搜寻范围，同时投放传单。我会一边发传单，一边观察主人家周边的情况，确认宠物可能会出现的地点。

那种有猫咪进出，设置了投喂点的住户附近会有一股独特的猫尿味，所以立刻就能分辨出来。还有一些宅院可能会有比较适合动物藏身的地方，我会请求人家的许可，进入到私人住宅区域内搜索。投递过传单、进入并检查过的家庭，我会在住宅地图上标注出来，保证不会出现重复和遗漏。

如果很难筛查出丢失宠物的所在区域，那么张贴启事就是比较有效的手段了。

靠我和失主两双眼睛去寻找，再怎么说也是有限的。一旦宠物躲到了别人家中，我们怎么在外边找都是徒劳。遇到这种情况，就要借助陌生人的力量，让几百人、几千人都来帮我们找。

启事的数量根据宠物品种和失踪状况的不同也会有所变化，但我一般会准备一百到三百张。光是张贴这些启事就要花费很多时间。

大家在社区的布告栏和宠物医院、宠物宾馆等地经常会看到这类启事，但是光靠它，很难被更多人注意到，所以得到大街上的各种地方去张贴。不贴启事，就收集不到情报，搜索工作就无法推进下去。而搜索工作结束后，还要将所有启事都干干净净地撤走。也就是说，在没有许可的情况下张贴纸张，在日本属于轻度违法行为。

如果迷路的宠物被邻居收留了，大多数情况下对方在看到启事和传单之后都会来联系我，这样我便能马上去把宠物领回来了。假如只收集到了目击情报，比如："我看到它钻进院子里了"，或者"我看到它在田里走"等，我会直接跑去目击地寻找。如果寻找的是一只性格亲人、一喊名字就会跑过来的狗，那自然会轻松些。倘若是寻找猫咪这种戒备心较强的动物，那么即便知道它们身在何处也很难抓住。有很多猫哪怕是主人亲自来抓，也还是会当场逃走。

遇到这种情况，就轮到诱捕笼登场了。这是个长方形容器，大小要能够让猫咪轻松进出，配有双层笼门，只要走进去踩到笼子深处的踏板，入口就会关上，动物就出不来了。

▲ 诱捕笼不仅适用于猫，也可捕小型犬和雪貂之类的动物

不过，不管怎么说，诱捕笼的外形都是笼子，一些戒备心较强的猫咪看到它的外观之后会愈发警惕。所以，还得用纸箱子或者这只猫平时爱用的小毛毯等道具去包裹这个笼子，对其进行一番“伪装”，笼子里摆上由主人提供的猫咪最爱的零食玩具，还要在笼子入口处撒上一些它用过的猫砂，通过熟悉的气味让猫情绪放松下来。如此一来，一个会让猫咪感到“好像很舒适，很安逸的地方”就制作完毕了。只要知道这只猫此刻在哪儿，大部分情况下都能用这种方法抓到它。

我的工作周期以三天为一阶段，不过委托案例不同，实际花费的时间也会不同。快的时候不到一小时就找到了丢失的宠物，慢则要花上一个多月才能找到。

眼下，我首先按常规操作，在附近张贴了启事。然后在饲主斋藤奶奶家附近寻找猫咪正宗可能潜伏的地点。这样一只性格有些糊涂，体形圆润的猫咪，出了家门后会向着这条街的哪个方向走呢？我一边在心里设想正宗的选择，一边搜寻它的下落。我猜它恐怕不是那种会在不熟悉的地方坦荡打盹的大胆性格，所以它大概率是找了个安静的地方躲了起来。

如果您养过宠物应该明白，猫和狗的个体差异很大，不同个体的性格以及身体能力也都很不一样，需要综合考虑宠物的个性，乃至周边的地形以及天气情况，才能推测出丢失宠物的去向。

这时候，我发现了一片区域，它给我的感觉是：正宗很有可能就跑进这一带的某个院子里了。那地方距离斋藤奶奶家大约有一百五十米。虽然我已经在这片区域贴过启事了，但我还是圈定了比较有可能的几户，同户主沟通了情况后进到了他们家里，在庭院廊檐下都寻找了一番。有一些家庭不希望别人进到私人领地，也有一些住户不在家，所以无法进去调查。针对这些家庭，我把启事缩小，改成传单投递了出去。不过这一次搜寻并没有什么收获。

我又把搜查范围扩展到其他片区，然而快一周过去，依然没有找到正宗。我思来想去，还是觉得之前判定“正宗应该就跑进这一带的某个院子里了”的那一片区域很可疑，于是再度来到上次因为住户不在而没能入内搜寻的一栋宅子前，第二次投递了传单（我一般不会这样做）。果然，那家人第二天联系我说：“您传单上的那只猫就在我家院子里，我们已经把它抓住了。”我放下电话急忙跑去他家，顺利领回了正宗。猫儿正宗依然一副迷迷瞪瞪的模样，不过斋藤奶奶可高兴极了。

虽然花了较长的时间，不过这算是很顺利的一个案例了。实际上，并不是每件案子都能这样顺利，大多数时候我不得不在十分严苛的条件下进行搜寻。

Case 2

歌舞伎町的迷路小猫

多数情况，我都是在普通住宅区寻找宠物。如果是在乡下寻找，宠物可能还会跑进山里或田里。不过有时我也要在大都市之中，繁华街区的正中心展开搜寻工作。我还曾接到过委托，对方说自己的宠物是在新宿歌舞伎町或涩谷站前的十字路口跑掉的，要我帮忙寻找。

在歌舞伎町走失的猫咪，是一只三岁的母猫，名叫芽衣。芽衣是一只长相十分普通的家猫，它身上皮毛主要是黑色的，肚皮和手脚前端是白色的，也就是所谓的“白手套猫”。委托人坂上先生是一名五十岁的男性，在新宿区政府附近一幢杂居大楼里经营着一间小酒吧。他之前也常会带着猫咪一起去酒吧里，结果那一天一个不留神，芽衣就不见了。

那么，先确认一下周边的情况吧……走出门外一看——嗯，有的有的，不少野猫在到处转悠。建筑物背面的垃圾箱周围、自助售货机上、大楼的逃生梯上，到处都有猫，小巷的角落里还蹲着一大家子猫咪。既有剩饭，又有不少可以取暖的地方，这儿对流浪猫来说的确十分宜居。

说起来，我记得还在电视上看到过讲歌舞伎町猫咪势力范围的节目。自然，这儿的猫咪们也会圈地和抢夺食物，所以只有相当顽强的猫咪才能生存下来。

虽然搜寻地点是在歌舞伎町，但工作内容还是一如既往。我先从坂上先生提供的几张照片里尽量挑选出了一张能看清芽衣皮毛特征的，制作成了启事。这条街上到处都是花哨的“粉红”传单，于是我就一张又一张地把写着寻找芽衣踪迹的启事盖在它们上面。或许这些寻猫启事很快就会被揭走，或者会被其他传单盖住，但是不做这个努力，一切就无法开始。

接下来，我开始在大楼周围进行搜索。芽衣是只比较活跃的猫咪，不怎么胆小，性格比较友好。所以它说不定会混进流浪猫群中，跟大家和平相处下去。我跑去一些流浪猫聚集的投喂点搜索，想从一大群猫中找出像芽衣那样的白手套毛色的猫。可是类似花色的猫咪实在太多了，想要分清它们简直比登天还难。幸好，芽衣的脖子上戴着红色项圈，即便是混在一群流浪猫中，也能快速被认出来。

第二天，张贴出去的启事奏效了，目击情报陆续出现。其中也有类似“我也不知道是不是你们在找的那只猫，但我确实看见一只”，或者“我也说不清地点，反正就是那附近”这类极为含混的目击情报。不过，每日在歌舞伎町工作的爱猫人士们，的确会认真地观察那些流浪猫。

其中一名年轻男性提供了一条非常有用的信息——

“那只猫咪是个生面孔，而且还戴着项圈，我感觉挺少见的。估计应该就是启事上的那只了。”

这名男性平时在歌舞伎町的一家饭店工作。据他说，饭店后面有一片猫咪聚集区，他们有时会在那儿给猫投喂一些剩饭。那儿的猫大多都是常客了，但昨夜出现了一只很像芽衣的猫咪。那地点距离坂上先生的酒吧大概有三十米远。

我急忙赶往那家饭店后面。因为是昨晚目击到的，所以我预想芽衣应该已经跑掉了。结果出乎意料的是，我赶到时芽衣还待在原地，一副悠然自得的模样。如此轻而易举就找到了它，甚至让人感觉有点扫兴了。

坂上先生担心地问我："它会不会是和其他猫咪打架，被伤到了呢？"但是芽衣身上一点受伤的痕迹都没有，看样子和其他猫咪也相处得十分融洽。我立即将芽衣送回了它主人的酒吧，坂上先生喜出望外地接回了它。

就这样，我从那条遍布野猫的街上，将芽衣毫发无伤地找了回来，一颗悬着的心也总算放下了。

另一个案子，是寻找一只在涩谷站前的十字路口跑丢的狗狗。

记得那是在2月一个十分寒冷的日子。跑丢的是一只六岁的茶色贵宾犬，名字叫红小豆。饲主宫田女士是一名大约二十五岁到三十岁的女性。她用航空箱装着红小豆去乘电车，在从涩谷步行前往友人住处的途中弄丢了小狗。当时她想要给友人买点伴手礼，于是准备在涩谷的“银座Cozy Corner”店买个蛋糕。就在那时，红小豆逃跑了。

红小豆本来就不习惯坐电车，嘈杂的人潮让它十分紧张，到了十字路口时，它大概又被汽车的喇叭声惊吓。听主人说，它是沿着高架桥，朝着宫益坂方向逃走的，但因为混进了人潮之中，转瞬间就不见了踪影。

涩谷站前的那个十字路口，可是在某广告里被描述为“三十分钟内的通行人数几乎和整个千代田区的人口相同，高达四万五千人”的超级十字路。高峰期一个绿灯的时间内会有约三千人同时过马路。这个交通流量可以说是相当巨大。我望着那个十字路口，一瞬间也有些绝望——这可如何是好？可是，既然已经接了委托，那就只能去找了。我先按照一直以来的流程做传单，然后沿着宫益坂方向的道路，一路张贴起来。

如果是猫，还有可能是藏在了某处，但一只贵宾犬在这种地方迷了路，极有可能会被人收留。如果是被来涩谷玩的外地游客带回家的话，那就真的再也找不到了。

容我先岔出去讲几句。狗狗跑丢，多数是在家中有人来做客，打开玄关门或者院门的时候；遛狗时，狗挣脱项圈逃走的情况也较常见；还有不少狗是被打雷的声音吓到，从家中逃走的。

如果是被雷声吓到，那狗一定会往雷声的反方向逃跑，不可能迎着打雷的方向跑。遇到这种情况，需要先打电话给气象局确认“狗丢失时是哪里在打雷”，随后在地图上确定落雷地点和饲主家的位置关系，往反方向展开搜索。

打电话给气象局不仅可以查询打雷的情况，还可以确定狗失踪时的风向。考虑到狗对气味比较敏感，如果狗是从玄关或大门跑走的，那么它大概率会朝着气味飘来的方向跑。这种情况，就要设想它们是向着上风向跑去的，并基于这个判断来制订搜索方案。

大家或许会感到意外，但打电话给气象局，他们的确会详细地告知风向以及天气情况。因为我三不五时就会打电话询问，所以一听到是我，对方就会用一种“怎么又是你啊，真没辙”的语气回答我的问题。一些政府机关会给人一种态度很不好的感觉，但气象局的人都很亲切，真的是帮了我的大忙。

那么，我们再说回红小豆。

贴完传单之后，我又去询问了涩谷区的收容所、警察局、动物保护中心，是否收留了迷路的狗狗。因为红小豆是向着宫益坂的方向逃走的，很有可能是跑到了临近的青山，于是我连港区也问了一圈。当然，我还直接跑去站前的派出所，询问那边有没有收留迷路的狗狗。万一出了意外，狗狗也可能被车撞到，遇到这种情况，市容局会去事故现场收拾尸体，所以我也去那边问过了。但这些地方都没有出现过红小豆的身影。

到此为止，我什么信息都没有收集到，但还远远不能放弃努力。接下来就是走访调查了。我沿着红小豆的逃跑方向，询问了附近的店家。但在这样一条热闹的街道上，能够提供有效情报的往往是那些流浪汉，因为也就只有他们会居住在涩谷的大街上了。我只要一见附近有貌似流浪汉的人，就会给他们一一翻看红小豆的照片，与他们攀谈。

问了几个人之后，我获得了这样一条情报：似乎有个流浪汉领着一只这样的狗生活。据说他们是在宫下公园被目击到的，得到消息后，我立即跑去查访。

现在的宫下公园已经建起了滑冰场和足球场，同以前相比简直漂亮了不止一点半点。但当年寻找红小豆的时候，那儿还住着不少流浪汉。公园架着密密麻麻的板材加蓝塑料布搭的小窝棚，园内的设施也都破旧不堪，到处都是涂鸦喷漆，整体观感十分混乱阴郁，属于情侣或者拖家带口的人会绕着走的那种地段。

我沿着蓝塑料布窝棚的一角开始一间一间走访，

很快发现一个流浪汉怀里抱着红小豆。这名男性看上去五十岁左右，据他所说，自己是在明治大道上发现红小豆的，当时它看上去十分慌张，正漫无目的地乱转，于是他就把它捡回来了。从红小豆丢失的位置判断，它当时应该刚从宫田女士身边跑开没多久，怪不得宫田女士怎么都找不到它了。

“最近不是挺冷的吗？我抱着它正好还能取暖。”

流浪汉会把自己的食物分一半给红小豆，然后把它当成抱枕取暖。

“既然它有主人，那就没办法啦，还给你吧。”

说罢，对方爽快地把红小豆还给了我。这个案子也就顺利结束了。

其实不单是红小豆这个案子，在大城市之中，我常能从流浪汉那里收获情报，得到很大的帮助。他们长期风餐露宿，大多手握重要情报。

以上两例案子都是在市中心寻找宠物，但基本上只要有委托，全国各地我都得去。北至北海道，南至冲绳，我都接过案子。算下来，我已经因工作之需走遍了日本所有的都道府县。当然，交通费会请客户支付。

有一些搜寻地点比较特别。例如，我曾经跑进世界文化遗产日光东照宫里搜索过。当时是一只因杂志拍摄而被带去现场的猫咪跑丢了。我就单手拿着手电筒，在深夜中漆黑的寺院里寻找。后来发现猫咪就躲在廊檐底下，于是顺利把它救了回来。像这样，因为工作需要，我能获准进入一般人进不去的地方，这对于我来说也是相当难得的人生体验。

此外，还有远隔重洋的——曾有一名住在美国洛杉矶的日本客户打来电话咨询。不过，对方当天就自己找到了丢失的宠物，所以我的越洋搜查之旅没有成行。但倘若客户当天没能找到宠物，我就会在第二天搭乘飞机前往美国。

只要有需要，就算是天涯海角，我也会欣然前往。

Case 3

你适合做宠物侦探吗?

提到侦探，很多人会以为这是一份主要靠经验和智慧行走江湖的职业，不过作为一名宠物侦探，我主要还是在进行一些体力劳动。

寻找宠物的过程就是要不停地走。曾经有好几次，我在盛夏酷暑之中步行二十多公里，一直走到身体脱水，差点没命。因为走得太多，导致腿脚疼痛，我甚至还因此住过院，动过手术。

贴传单的工作也很辛苦，两百张、三百张，要持续做这种单调重复的动作。一般人可能贴个几十张就要叫苦不迭了。

前文我也提到过，其实张贴传单是一种轻度违法行为。实际上我的确被警察逮到过，而且还不止一次两次地走背运，被抓现行，被拦住盘查也是家常便饭。因为传单本身并不包含什么非法的内容，所以也能够得到部分谅解，不过，我依然遭遇过被带回警察局做笔录的情况。

说到这儿，我想起了十年前的一桩往事。当年发生了一起令人痛心的小学生被害案，就在发生那桩案子的城市，有人向我发出搜寻宠物的委托。

那起小学生被害案可说是轰动全国的大案，所幸杀人犯很快便被逮捕，而巧的是杀人犯居住的公寓数十米外的一户人家，丢了一只拉布拉多犬。

接下这桩搜寻委托时，凶杀案才刚发生数日，整条街上都是警察和媒体记者在转悠。住户的戒备心也变强了，到处弥漫着紧张的气息。而我一看就不像本地人，又不是警察，也不是新闻工作者，整个人的气质都很“可疑”。估计附近的小学生都被叮嘱过“看到陌生人就赶快逃跑”，于是有不少小学生一见到我的脸，扭头就跑。

就连贴传单和走访也不如平时顺利。即便如此，我也不能傻等着什么都不干，于是我就趁警察不注意，偷偷地去张贴传单。不过，多亏了这一番努力，总算搞到不少情报。可惜的是，委托我寻找的那只拉布拉多犬在被找到时已经死亡了。但在不知何时被人举报的状态下工作，那可以说是我遇到的高难度案件之一了。

我的这份工作不单会让警察和居民感到“气息”可疑，实际上，我本人也常常遭遇恶臭的“气息”攻击。

有不少猫和兔子会躲进下水道。遇到这种情况，我自然也得钻到地下去找。要想推开重达五十公斤的井盖钻进去，其实还是需要点小技巧的。最近我已经熟练了，所以也能从容打开井盖，一开始没掌握要领，险些闪到腰。

而且我总是脑袋钻进下水道，只剩下半身趴在地上，那样子简直可疑极了。

说起钻下水道，大家或许以为眼前会出现那种又神秘又酷的、动作片里面会出现的地下水路吧？但实际上，日本居民区的下水道可没有那么气派，里面的空间勉强够一个人钻进去，内部结构也相当复杂。下

▲ 钻进下水道

▲ 搜索窨井盖内

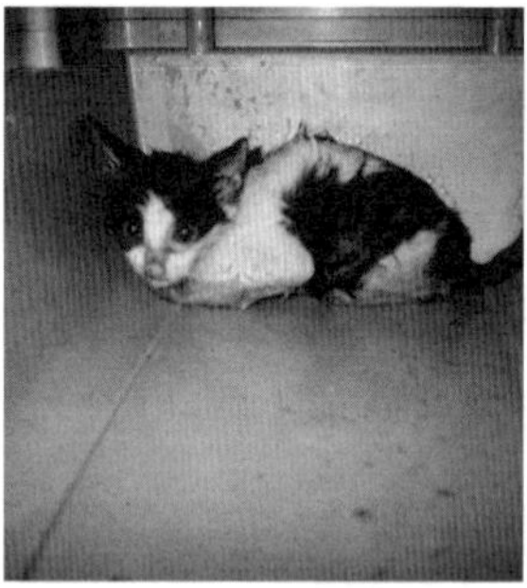

▲ 从下水道里救出的小猫

水道的内壁糊了厚厚一层黏糊糊的污垢，衣服没一会儿就蹭脏了。

如果遇到了无论如何都无法独立搜索的情况，就得请排水公司的员工帮忙。也是因人而异，有的人会很乐意伸出援手，有人则不然。最夸张的一次，甚至要把需搜寻的那个井盖所在的道路暂时封住，引导车辆绕路。有一次，一只幼猫在排水管深处深陷泥泞之中，动弹不得。当时多亏好几名排水公司的工作人员出手相助,最后我们将幼猫平安救出，算是皆大欢喜。

但我因为钻进了狭窄

的排污管中，身上的衣服蹭得满是脏污，不堪入目。而且因为是生活污水管，气味更是可怕。那是污物经过漫长的时间发酵出来的味道，我迄今为止还没闻过那么强烈的臭味。那种顶级恶臭就从我的全身源源不断地散发出来，可我又碰巧没带替换衣服。更倒霉的是，我不是开车来的，而是乘坐电车过来的……

无奈，我只得带着一身恶臭搭电车回去。没有一个人敢靠近我，其他车厢都是人挤人，我的周围却空荡荡，就连座位上都没人。要是因为这些小事就情绪低迷，那我这门生意是做不下去的。想想那些不明就里走进我那节车厢的乘客，他们一定会觉得“这家伙好臭，真讨厌”吧。

其实，有不少人曾向我表示“想要成为宠物侦探”，甚至加入了我的事务所，但很少有人能坚持下去。一开始找到宠物的成功率很低，这也是没办法的事。应该不是因为我的指导太过严苛，他们才逃跑的吧……

究其原因，一方面是因为这份工作超乎想象地枯燥、艰苦；再加一点的话，我觉得精神层面的打击要比肉体层面更深重。因为想做宠物侦探的人大多非常喜欢动物，所以他们会与失去宠物、魂不守舍的饲主高度共情。光凭这一点，他们就会因为巨大的压力而夜不能寐，或者因共情饲主导致情绪崩溃，又或者，会在工作时间之外还一刻不停地想着工作的事……虽然原因多种多样，但大部分人撑不到三个月就会辞职。唯一一名坚持下来的员工做了三年，最终还是撑不下去了。

其中给我留下深刻印象的，是一名四十多岁的男性。他原本是委托人，他饲养的兔子在山里走丢，委托我去寻找。他和妻子没有孩子，于是养了兔子做为情感寄托。夫妻俩迫切想要找到兔子，可惜的是，兔子被发现时已经是一具尸体了，这件事对他造成了巨大冲击。

他辞去了银行的工作，从秋田跑来东京，告诉我他想成为一名宠物侦探。我一听，急忙劝他，费尽口舌希望他能慎重考虑，可他心意已决，最终还是加入了我的事务所。一开始我还略有期待，心想：既然下了这么大的决心，应该不会离职吧。结果，他最终没做满半年就辞职了。他正属于我前文提到的那种对宠物投入很深情感的类型，这也导致他和委托人过度共情，最终无法负担过重的情绪成本。

到头来，我还是独自一人坚持着这份工作。

说实话，遇到像应急救灾的救援队一样需要保险绳和助手才能工作的情况时，我也想过："要是能有个搭档在就好了。"但是，我从事的工作总避免不了会出现让警方觉得可疑，或者可能危及人身安全的情况，像前文中提到的贴传单的工作便是如此。所以，这种时候，我还是觉得一个人做更轻松些。不论做什么，都是我一个人承担责任，要受伤也是我一个人受伤——这么一想也就没什么负担了。毕竟派活给别人是无法保证这一点的。

在寻找宠物的过程中，我也曾数次同死神擦肩而过。接下来，我就给大家讲讲这些经历吧。

Case 4

高架桥下的小奶猫

那是8月的一个酷暑之日。

前一天我刚回老家参加了一场夏日祭典，扛着沉重的神轿走了一整天。大概是扛神轿用到了平时不会用到的肌肉，我那天肌肉酸痛，整个身体像快散架了一样嘎吱乱响。

原本我想，今天没活儿正好休息休息……这时，电话铃声响起。

“高架桥那边有只小猫，好像是被困在缝隙里下不去了。警察和消防员都来了，但怎么都抓不住它……”

打电话的是一名年轻女性，那只小猫并不是她的宠物。听上去像是附近居民偶然路过现场，得知这一情况后，在网上搜到了我的事务所后联系过来的。没错，使用“宠物”“救助”等关键词搜索，就能搜到我的事务所。

我放弃了休息的打算，立即驱车赶往现场。目的地位于横滨市，环状2号线的高架桥。

据打电话给我的高野女士所说，猫咪是钻进了高架桥的桥墩和路面之间仅有十来公分宽的夹缝里了。桥墩上根本没有任何可以扶手的地方，别提人了，猫也不容易上去。这只小猫究竟是怎么钻进这种地方的呢？我真的难以想象。不过有一点可以肯定，那就是等着猫自己下来是不可能的。因为它所在的位置大约相当于二层建筑的屋顶，距离地面大约五米高。

而且，今天实在太热了。高架桥下虽然有阴凉，但毕竟是个不通风，空气又很浑浊的地方。如此炎热的环境下，如果不尽快将猫咪救出来，它会因脱水而死亡。

我抵达现场的时候，警察和消防员都已经放弃了营救，暂时撤走了。但我自己一个人实在是束手无策，于是只好又联系消防再来协助。很快，消防车便抵达现场。

“我们刚才也架了梯子爬上去看过，猫咪躲到了缝隙深处，一直不出来。手也够不着，那个空间又容不下一个人爬进去，所以我们就只好放弃了。”消防员说明了情况。

但我还是想亲眼确认一下，于是再度请他们架起了梯子。

或许有些人会觉得五米而已，并不算高，但实际攀爬又是另外一码事了。我很擅长爬树，没有恐高症，如果是在脚下很稳的情况下，这个高度的确不算什么。但当时我的脚下只有一架窄梯，体感还是很高的。

爬上去之后，我发现高架桥和桥墩之间的那个缝隙能勉强够一个人探进上半身。不过，的确没有足够的空间爬进去抓猫。

而且，我发现埋在水泥里的橡胶材料在酷暑之中已经软化得黏糊糊的了。不能再这样下去了，不尽快抓住它的话，失去体力的小猫会在酷暑之下毙命。

虽然不知道这小家伙是什么时候跑进去的，但能听到黑黑的柱子阴影处传来细小的叫声，可以确定它暂时还没什么大碍。

我明确了一个方针：既然人进不去，那就得想办法设置一个诱捕笼，只有这样才有希望抓住猫。想清楚之后，我姑且从梯子上爬了下来。

“它没事吧？能抓到吗？”高野女士一脸担心地问我。

她只是路过，却如此担心小猫，甚至专门查到了我的联系方式，可见是个非常爱猫的人。

“暂时还好，但必须趁早抓住它，毕竟现在天太热了……”

我一边从车子里取出诱捕笼，一边回答她的提问。我也和消防的人解释了一下情况，请他们稍候，随后将纸箱子围在诱捕笼外侧，放入引猫入笼的诱饵。

这一次，我必须单手抱着诱捕笼，一边保持平衡，一边爬上高高的梯子。我手心流着汗，一直打滑。全身肌肉酸疼，脚下也直打哆嗦，别提多费力了。

我流着冷汗，费了九牛二虎之力总算爬到了顶，放置好了诱捕笼。接下来，就只能祈祷小猫能乖乖钻进去了。

设置诱捕笼的时间大概是下午四点。过了一个小时我又上去看了一下，猫应该还在戒备状态，并没有进去。又过了一个小时后，再看，它仍旧没有进去。

眼看太阳开始落山，消防的人也说“也不知道还要花多长时间小猫才能上钩，我们不能再等了”，随即撤掉了梯子。最后我们约定好第二天一早再来确认，大家就此先散了。太阳下山之后应该会凉快一些，但我还是很担心小猫的体力。不过事已至此，继续逗留也做不了什么，我和高野女士也就先分头回家了。

第二天一早，强烈的阳光毫不留情地射下来。我们很快就再度聚集到现场。消防员们搭好了梯子，我一边在心中默默祈祷着，一边爬了上去。

在笼子里，我看到了小猫！太好了！

它看上去确实很憔悴，眼神中也带着恐惧，但是要比想象中健康得多。是只可爱的狸花猫。

下到地面后，只见消防员们和高野女士也都是一副松了口气的表情，迎了上来。

可是，接下来该拿这小猫怎么办呢？它脖子上没有项圈，看样子应该是只野猫。但是，也不能就这样扔下它不管，正犯嘀咕时，只听高野女士开口道：

“这只小猫，可以交给我吗？”

或许是被这只可爱的小狸花猫迷住了吧，高野女士萌生了领养它的念头。我想她应该会是个好主人的，于是也就放心地将小猫交给了高野女士。

不过，我这次出任务只能算是义务劳动。高野女士发来委托的时候还不是小猫的主人，只能算是个热心市民，所以也没办法。干我这一行的，这种事其实很常见。在盛夏酷暑之中，花了两天的时间进行危险的高空作业，结果连油钱都是自掏腰包。

不过，就在我写这本书的时候，久违地联系上了高野女士。她发给我一张现在的小狸花照片。它已经长成了大猫，一脸安稳神态，看上去非常健康。看得出高野女士将它照顾得很好。这只小猫没有死在高架桥下，而是过着幸福的猫生，也不枉我的一番努力啦。

▲ 爬上高架桥

▲ 消防员帮我架起梯子

▶ 救出的小奶猫

▲ 如今已经长成了大猫

Case 5

“女王大人”和金吉拉

提到高空作业，我还接过更危险的案子。

那还是我刚开始干这一行时的事。当时是在横滨的闹市区，那片区域杂居大楼和公寓林立，楼间距很窄，逼仄感十足。这份委托，来自一名住在公寓顶楼十五层的女性。

据委托人称，那是她在一个非常普通的单人间里饲养的猫咪，猫突然无故失踪了。委托人松田女士是一名二十来岁的年轻女性，看上去很强势，打扮又颇为性感。工作日的白天都不用上班，所以我当时也隐约猜到，这名客人可能是在夜店上班。

她丢失的是一只长毛猫，银色的金吉拉。两岁，雄性，名字叫亚伦。波斯猫的性格大多相对安静、温和，但亚伦性子似乎比较烈，而且攻击性比较强。

据松田女士说，猫是在她外出时丢失的。玄关的门虽然关了，但是阳台一侧的窗户开着，所以猫很有可能是从那儿跑出去的。

我查看了阳台的状况，阳台两侧是结结实实的墙壁，不是那种能钻去隔壁邻居阳台的构造。虽然房间也做了那种出现紧急情况时可以冲破隔板，跑去邻居那里避难的设计，但是上下都没有能容猫咪通过的缝隙。

如此看来，猫跳楼的可能性还是很高的，但从阳台望出去，楼下是一条狭长的小巷，并没看到有猫咪尸体。委托人住十五楼，如果这只猫的体能很好，运气也不错，那也有可能已经安全落地了。

“以防万一，我已经去楼下找过一圈了，但是没找到亚伦。我猜它没有掉下去。”

松田女士是这么对我说的。既然如此，那剩下的可能，就是从阳台翻出去了。

阳台对面就是隔壁大楼的屋顶。上面摆了储水箱和空调设备，但没有装防跌落的栏杆。看样子，那个顶层并不能供人自由出入。

从阳台到隔壁楼的楼顶，距离约有一米半。如果是比较灵活的猫咪，这个距离应该是跳得过去的。从松田女士房间看过去，望不见猫咪的身影，但它有可能是躲在了储水箱下面。

“那我去对面那栋楼看看情况。”

我走出松田女士居住的公寓，去了隔壁大楼。隔壁的那幢杂居大楼很旧，似乎是分层出租给小公司的那种类型。看了一下门口邮箱，里面有些层似乎是空置着的。我坐电梯到了最顶层，想从那儿走楼梯到屋顶，但如我所料，通往屋顶的大门果然是上了锁的。这可麻烦了。

我想找管理员帮我开门，但到处都没找到管理员室。我在一楼的集中邮箱附近看了一圈，也没找到管理公司的联系方式。

以防万一，走出杂居大楼之后我又在大楼和公寓之间的小巷大致搜了搜。果然没有发现任何猫咪落地的痕迹，也没有找到任何方便猫咪躲藏的地方。如果亚伦之前安全着陆了，那现在可能已经跑了，或者被别人捡回去了吧。

我又回到了松田女士的房间。

"我进不去对面楼的楼顶。"

"也是啊……但是，感觉它也只可能是跳到那边了吧。"松田女士眺望着对面的屋顶说。

的确，那个储水箱下面的空间越看越可疑，可是根本找不到任何去那栋大楼楼顶实地检查一下的办法。

"要是能过去就好了。"

听到我这么讲，松田女士说：

"这个距离，应该能跳过去吧。"

"是啊，猫应该是能跳过去的。"

"不是，我是觉得人也能跳过去哟。"

我不禁扭头看向松田女士。

"呃……您该不会……是要我跳过去？"

"不然谁去呢？我吗？"

松田女士微笑着。她虽然一脸笑容，但身上却带着某种令人无法反抗的压迫感。

我的直觉告诉我，这名女士八成是在夜店做"女王大人"……她看上去相当习惯对他人发号施令。说起来，她的气质也很适合扮演那样的角色。

养金吉拉，这个细节也很符合她整体的气质。

不对，不对，眼下不是揣测客户背景的时候。看样子，我现在必须得跨过阳台飞到对面楼顶去才行了。松田女士那充满压迫感的笑容无疑在催促着我这样做。

的确，两栋大楼之间的距离只有一米半，这个距离，跳远的话并不难达到。但是，这儿是十五层，风速比地面快多了。人要是摔下去，可不会像猫那样平安无事。

说回来，亚伦如果真的跳去了隔壁大楼的屋顶，我不冒这个险的话，这次的工作也就无法推进。于是，我下定了决心。

“明白了。我跳过去看看。”

我走到阳台，跨过扶手。

本来想拿施工用的绳子当安全绳，但又担心弄巧成拙，绳子限制了动作反而危险。于是我决定什么都不带，直接跳。

十五层楼离地面估计得有五十米高吧，我对高度的感觉已经麻痹了。一个不小心低头往下看，感觉自己好像要被地面吸下去了一样，所以我尽量只看对面屋顶。强风也是一波跟着一波，我决定在风力暂时减弱的瞬间跳过去。我内心倒数，深吸一口气——

成败在此一举！

我奋力一跃，安全落在了杂居大楼的楼顶。

虽然这一跃过后有种工作已经完成了的感觉，但我跳过来的目的其实是寻找亚伦。想到这儿，我开始在储水箱和空调设备周围翻找了起来。

但不知为何，找来找去，也没看到亚伦的影子，但它也没别的藏身之处了啊。我束手无策，既然如此，那它可能还是从阳台掉下去，又跑走了吧。

我再度从屋顶跳回到了十五楼的阳台。因为跳过一次，心里有了底，所以这次没有第一回那么紧张了。但是，跳过去时的惯性让我的腹部猛地撞到了扶手上，身体向前跌进阳台。正当我揉着撞疼的肚子爬起来时，松田女士跑了过来。

“没找到亚伦吗？你好好找了吗？”

比起我的安危，松田女士更关心亚伦，追问我时也是一副没好气的样子。唉……这也是没办法的事啊……

后来，我又跑去公寓附近开始搜寻。和平时一样，在公寓周边张贴启事，寻找一些猫咪可能会喜欢的地方。平时一直都在室内喂养，出于意外从阳台掉下去的宠物，一般因为受惊不会跑去太远的地方，而是会就近躲藏起来。如果亚伦真的从那么高的地方跌下来，现在肯定躲在附近。

最终得知，亚伦是被同一栋公寓的住户捡回去了。这名住户看到了我贴的启事后联系了我。听说它被捡到的时候，就静静蹲在公寓附近。不过，从那么高的地方跌下来竟然还能平平安安的，看来是高楼的风多少加了点阻力，而且亚伦的身体素质也相当过硬了。

平安回家的亚伦，脸上的确是带着几分傲慢不可侵犯的神情，作为一只金吉拉，它给我一种颇为强势的印象。我不禁慨叹：这猫和松田女士还挺像的。

在工作中我总能观察到，主人和他们养的宠物真的很像。当然，宠物们都有各自与生俱来的性格，但一起生活的时间久了，就会开始受主人的影响。看到主人的模样，大抵也能推测出宠物的性格。就好像夫妻二人在一起生活久了，神态和性格都变得相似一样，宠物和主人也是同理。

亚伦的案子结束后，我干过好几次在两栋大楼间来回飞跃的事。每次，我都会想“这次也许会死”，但所幸平安活到了现在。如今回想起来，我也会感慨：“当时胆子真大啊！”一方面是因为我当时年轻气盛，一方面当时委托人的态度也是“看你挺年轻的，应该能做到吧”。到了如今这个岁数，我懂得保重自己了，客户见我这年纪，也不太会勉强我了。说实话，我最近也开始给自己买保险了。

唉，真是上年纪了啊！

Case 6

侦探寻猫，猎人在后

那桩案子应该是发生在1月份吧，我记得是在非常寒冷的冬季。

当时，一名居住在东京市区的男性联系我说："我的猫丢了。"猫咪失踪的地点是神奈川县西部，秦野市的大山中。

委托人藤川先生是一名四十来岁的公司职员。丢失的猫咪是茶色狸花纹的三岁公猫。名字和它的毛色很相称，叫"小虎"。此前，藤川先生带着小虎去秦野山中的瞭望台游玩，小虎就在那儿跑丢了。

没养过宠物的人恐怕会忍不住问："干吗要把猫带到那种地方，肯定会丢的不是吗？"但是，近些年有很多人都把宠物当孩子养，把宠物当成自己的"家人"去爱，所以会产生"想让它也看看这美景"，"想让它和自己一起开心"的念头。像这次这种带着宠物去山里或者公园，结果宠物丢失，不得不请人寻找的案例，其实不在少数。

在地图上确认小虎的失踪现场时，我发现距离那个瞭望台两公里的山下有个村落。我觉得小虎很有可能就跑去了那个村落。虽然它之前已经绝育了，但这种年轻又有精力的公猫还是能跑很远的。不过，藤川先生是这样告诉我的：

“小虎不可能跑那么远，它肯定是在山里迷路了，能不能请你在山里找它呢？”

毕竟是饲主这样讲的，我也不能无视。而且藤川先生也要一起去找，于是我们就跑去山里开始搜索起了小虎。

遇到这种情况，贴启事请求路人提供相关信息的方法就用不到了。在大山深处，既没地方贴启事，也没人看启事。我们只能在连路都没有的大山里，靠自己的一双脚去搜寻。这感觉就好似在一望无垠的沙漠之中寻找一枚钻石，令人逐渐丧失理智。

我和藤川先生分工，地毯式地在山中搜寻。我们不单要留意猫咪的身影，还要认真注意有没有足迹、粪便等痕迹。

自然，只找个一天两天，是没有任何收获的。

藤川先生也不可能天天都请假不去上班，所以到了第四天，他只好返回公司上班去了。不过，他一下班就立即从东京市区内跑去秦野，夜里举着手电筒在山里拼命寻找着小虎。看他这么拼命，我也实在不好抱怨什么。

所幸，我从当时居住的神奈川平冢去秦野不到一小时的车程，所以我每天都从家里开车过去。如果猫失踪的地点在更远的山里，那光住宿费就是一笔巨额开销，会给主人带去极大的经济负担。

虽然我每天都会好好回家休息，但整日都在寒冷的山林中一直找个不停，身体确实有些吃不消。

从开始搜索起过了大概一个星期吧，那天，我依旧是一大早就进山地毯式搜寻小虎。

突然，山中响起了枪声。

“砰”的一声巨响，听上去离我并不太远。

接下来，稍稍停顿片刻后，又传来第二声、第三声，感觉那声音越来越近了。当时我还什么都不明白，后来才得知，那片林子里冬季盛行猎鹿。

我虽然也意识到自己听到的是枪声，但脑子里全是找小虎的事。因为担心小虎受到惊吓后逃跑，我一直以来都是尽量保持着安静，悄然在山中搜寻，哪能想到会遇到这一出。

“喂！你干什么呢？！”一阵怒吼，距离我仅仅十来米。

我从树林里伸出头，循着发出声音的方向看过去，发现一个穿着橘色上衣的六十来岁男性手中举着猎枪，枪口直冲着我。我当即愣住了。

“你穿成这样在山里闲逛，太危险了！”

男人的手就扣在扳机上，据他说，他当时差一点就要开枪了。进入山中猎鹿的人为了不造成误伤，会专门穿红色或橘色等鲜艳醒目的衣服。的确，我当时穿的是茶色的上衣，很容易被误认成是鹿。真的险些被误伤。

第二天起，我进山搜索时穿的都是鲜艳的冲锋衣，并且建议藤川先生也穿得鲜艳些。

几天后，我目睹了猎鹿现场。那头跌倒在地的鹿，子弹从右耳直穿左耳，我不由得被猎人的枪法震惊到了。如果那天我真的被击中，那可能都还没意识到自己中弹就已经当场死亡了吧。

不过，我们还是没能找到小虎。藤川先生仍旧没有放弃，每天都跑来秦野寻找。一般人可能找个一星期就放弃了，看样子，小虎对他来说相当重要。我也被藤川先生的这份执着所打动，坚持着这极度艰辛的搜索工作。

我们在山里坚持寻找了将近一个月，最终在山脚下的某个民宅院子里发现了小虎。果然还是如我最初的设想那般，它是跑去了村落里。不过，我们也不清楚它是一直躲在村子里，还是在山里兜兜转转，最近才终于跑到了村子里的。

在陌生的山林里迷了路，没有水也没有粮，小虎瘦得厉害，看上去站都站不住了。而且它的表情也不像昔日照片里的那样平静，而是眼神锐利，戒心很重，非常接近野生状态。漂亮的狸花纹毛皮也变得乱糟糟的，看上去令人心疼。不过它的意识还比较清醒。家养的猫狗在这种野外生存的极限大约就是一个月，可以说，小虎是在生命垂危的边缘被找到的。

我联系藤川先生，告诉他小虎找到了。随后立即带着小虎奔向熟悉的动物医院。没等藤川先生抵达医院，我们就给小虎打上了点滴。小虎虽然摆出了抵抗的姿态，但它已经耗尽了体力，所以最终还是任凭我们“摆布”了。

几小时后，从公司早退的藤川先生总算抵达宠物医院。不知是因为看到小虎平安无事终于放下了心，还是看到它那副消瘦憔悴的模样感到心痛，藤川先生是一边大哭着，一边奔向小虎的。

说起来，一个月前接受委托的时候，藤川先生看上去还略微有些胖，体形圆润。今天再一看，他的体形已经相当标准了。可能是找不到小虎，所以他每天也食不下咽，也可能是每天都在山里兜兜转转的原因吧，他应该减掉了不少体重。如果有人一阵子没见他，再看到他现在的模样甚至可能会认不出来，感觉就像换了个人似的。

藤川先生的外貌和一个月前相比变了很多，但他和小虎还是认出了彼此。小虎也是遍体鳞伤，动弹不得的模样，但看到藤川先生，它还是用力发出了撒娇般的叫声。

“实在太感谢你了，等带它回去，我一定让它把爱吃的吃个够。”

藤川先生一边哭，一边不住地对我鞠躬道谢。

在这漫长的一个月之中，并肩在艰苦的环境下寻找猫咪，我和藤川先生早已相处得好似战友一般。顺利找到小虎，我的喜悦不亚于藤川先生。再加上险些被射杀的经历，这桩案子在我心里留下了深刻的印象。

Case 7

当心，有毒！

大概是十年前吧，我接到过一件抓捕大蜘蛛的委托。

委托人小田先生是一名四十来岁的男性，他住在川崎市郊外的独栋小楼里，养了不少类似蜥蜴、壁虎、青蛙、龟、鬣蜥的生物，还养着犀金龟子、锹甲虫等昆虫做宠物……总之，都是有些独特的宠物。小田先生家有个房间专门养宠物，里面一排排都是大大小小、各式各样的鱼缸。据说，他在这个房间中养了一种叫“舞蛛”的蜘蛛。

蜘蛛其实也有很多种类。小田先生饲养的舞蛛个头很大，把腿算进去有足足二十厘米长，大小几乎和一只盛意大利面的盘子一样。舞蛛的身体和腿部都很壮实，浑身生着细细的体毛，仅凭外观就能给人带来相当强烈的视觉冲击。小田先生一直在鱼缸中饲养这种舞蛛，但不知是什么时候，鱼缸的盖子没有关严，舞蛛逃了出去。

说到舞蛛，一些电影和电视剧都会把它刻画成是一种非常危险的毒蜘蛛，实际上它的毒性并不是很强，应该还没有人被舞蛛毒死过。不过这种蜘蛛长着一对大大的“獠牙”，被咬一口很痛，一不小心碰到也会引发炎症。

“家里所有边边角角我都找过了。它应该是躲进某处缝隙里了，但我完全找不到……家里窗户也是关着的，玄关也只有我自己进出。它即使溜出了这个房间，但应该不大会逃出这栋房子。”小田先生这样告诉我。

既然还在家里，那早晚能找到的吧。我读小学的时候也在家里养过蜘蛛，所以多少知道它们可能会喜欢的地方。于是，我接下了小田先生的委托。

但是，小田先生本身并不属于很整洁的人。他的家混乱程度非常符合普通独居男性的水平。原本我以为个头那么大的舞蛛应该很好找，结果却事与愿违，怎么都找不到。

他家只有一个衣柜，里面塞了很多东西，乱七八糟的。考虑到排查这里实在太费劲，我决定把它先放在一边，最后再查。但是到处都找不着舞蛛，看样子就只能瞄准这个柜子了……无奈之下，我决定和小田先生一起翻找柜子。我们将柜子里乱塞的衣服和杂志纸箱一个个搬出房间，结果发现那只硕大的舞蛛就在纸箱的角落里静静趴着。我俩虽然都被它吓了一跳，但还是急忙用准备好的巨大捕虫网罩住了它。最终，算是毫发无损地把它放回到了鱼缸里。

喂养舞蛛的饲料略有些特殊，一般需要活着的蟋蟀或者冻干老鼠。不过它算是比较好饲养的宠物了。可能喜欢养舞蛛的人出乎意料地增多了，自打这个案子之后，我又接到过多次“请帮我把逃跑的舞蛛找回来”的请求。不过，实际上门捕捉的只有小田先生家这一回，其他案例都是听了委托人描述状况，我只是给他们提供了一些搜索建议。

小田先生养的舞蛛，外观相当有视觉冲击力，个头极大，不过这桩委托的危险系数倒不算高。其实，还有比舞蛛案更危险的搜索委托。比如下边这一桩——

“总之，能请你马上来一趟吗？”

电话那头，委托人高岛先生的声音充满急迫感。

高岛先生在自家的鱼缸里养了一条蛇。他出门一趟回来之后，发现鱼缸盖子已经错位，里面的蛇也不知所终。

“值钱的东西都没丢，门也好好锁着，感觉不像是被偷了。我觉得它肯定还在房间的某个角落里……”

高岛先生的声音听上去相当慌乱。以防万一，我又和他确认道：

“您确定它没有从家里跑出去是吧？不过只是捕捉也需要您支付十万日元的基本费用，还有交通费，可以吗？”

“我明白，这没问题。”高岛先生毫不犹豫地回答。

“那条蛇，应该还好吧？”

我问他“还好吧”的意思是：“不算太贵吧？”

“不，不太好……那种蛇有点麻烦……抓不到它的话，我根本不敢在家睡觉……”高岛先生压低声音说。

“有点麻烦……的意思是？”

“呃，就是……不好说……”

我听出电话那头的高岛先生欲言又止，于是猜测这条蛇要不是个头很大，要不就是有毒。饲主无法独自抓捕的蛇嘛……莫非是蟒蛇或者水蚺？

一条成年蟒蛇能长到六米以上，是地地道道的巨蛇。在美国的佛罗里达，还有过出逃的蟒蛇在野外繁殖，引发一系列问题，最终被人类捕捉扑杀的事故报道。

“如果是毒蛇的话……”

我没有再接着想下去。要是打听得太过详细，我可能会因为过于恐惧丧失赴约的勇气。如果真的没法处理，就等到了现场再思考对策吧。我这样想着，赶往高岛先生家。

高岛先生住在涩谷区某住宅街的一栋普普通通的单人公寓中。看外貌应该不到三十岁，给人的印象既安静又朴素。房间里收拾得非常干净，摆着床、沙发、电视柜，看上去就是非常常见的单身公寓。架子上摆着一个空空的鱼缸，蛇可能就是从这个鱼缸逃出来的。

房间收拾得这么利落，理论上应该轻而易举就能找到……我心里是这么想的。不过，如果那是条毒蛇的话，就算找到了也不好抓吧。

“您小心一点，千万别被咬到了。”

可能是担心光脚在房间里走会被咬吧，高岛先生是穿着鞋走进屋里的。于是我也没脱鞋，直接走进了房间里。

我事先也想过戴上手套保护一下双手，但是外面卖的那种常见的劳保手套或者橡胶手套，蛇的尖牙随便就能咬穿。于是我干脆放弃戴手套，赤手搜查起来。找蛇的委托可不多，我手边也没有专门捕蛇的工具。想着多少得拿一件叉蛇的家伙，于是我带了把塑料伞。

首先翻找一下床下吧……想到这儿，我掀起床单。

啊，找到了！

一条身长一米左右，黑灰色，体表滑溜溜的蛇正静静趴在床下。看样子并不“毒辣”，体形也不大，总之是条模样朴素的蛇。我还没来得及思考，手就条件反射般地动了起来。

我伸出右手握着的塑料伞，一把按住它脖子下面的部分，右脚踩住它的身子，封住它的动作。为防止被它咬到，我又用左手抓住了它的脖子，松开伞，用右手捏起了它身体的中部，扔进了鱼缸，随后关上了缸盖。那条蛇进了鱼缸，一副无事发生的模样，慢悠悠地开始游动了起来。

以上这一切，都是在数秒之内发生的。我走进高岛先生房间也才只过了几分钟而已。真是转瞬间上演的一出捕获剧。

“谢谢您！帮大忙了！”

高岛先生看样子是大松了一口气，当即给鱼缸的盖子上了锁。

“那个……蛇究竟是……”

“非常感谢！我只是去了趟便利店，忘锁鱼缸盖子了。可吓死我了。以后我一定会小心的。谢谢！”

高岛先生一边连珠炮似的说着，一边向玄关走去。看样子是催着我快点离开。

于是我也就不再跟他打听那条蛇的底细，拿了之前商量好的报酬就离开了高岛先生家。实际只工作了几分钟就拿到了十万日元，听上去好像日进斗金的样子，但毕竟一有闪失就有可能送命，所以这工作并不像乍一看那么美好。

写这本书的时候，我又琢磨了一下，当时那条蛇究竟是什么品种呢？说到“没什么特点”，略呈黑色的毒蛇，比较有名的就是澳大利亚的太攀蛇，还有非洲的黑曼巴蛇。我查了查，这两种蛇都是天性荒蛮，动作迅速，且有剧毒的蛇类。那位著名动物学者千石正一老师都很抵触碰到黑曼巴。关于这两种蛇的相关轶闻个个都令人寒毛直竖。

不过，要饲养有如此剧毒的蛇类，就必须得到都道府县知事的许可，想个人饲养几乎不可能。所以，我最终的结论是“平安找到这条蛇，对高岛先生以及周围住户来说应该都是好事”。时至今日，那条蛇的真实身世仍是个谜。

Case 8

棘手的小可爱

搜索宠物的委托，九成都是找猫和狗，其次是找兔子、土拨鼠和雪貂等小动物。兔子是早就被广泛饲养了，但土拨鼠和雪貂似乎是伴随之前的一波“异宠热”多起来的。和猫猫狗狗相比，异宠的饲养更麻烦，也不太适合新手。

最近这场异宠热稍稍平息了一些，未经深思熟虑就购买土拨鼠和雪貂的人也变少了。然而，它们都属于在开始饲养前需要好好了解相关生态的物种，针对这些动物的专业兽医比较少，医疗费也相当高昂。

相传，土拨鼠在天敌接近时发出的叫声和犬类的叫声相似，所以又得名草原犬鼠；但它其实并不属于犬科，而是松鼠科的。它总靠双腿站立起身去环顾四周，而且还会用双手捧着饲料啃，看上去非常可爱。

但是，这种动物平时虽然很温和，进入发情期的雄性却非常凶残，又咬又闹，常会把饲主弄出一身伤。甚至有不少人会受重伤，连缝好多针。而且，这种动物会把墙面、地板、家具都毁得很厉害，所以想在家里饲养这种动物，就得下足够的决心。

雪貂是一种被宠物改良过的鼬科动物，外貌上看，比较像水獭、白鼬、貂。它非常怕热，室温到达二十八摄氏度它就会中暑，所以在夏季需要严格的温度管理。而且，雪貂的好奇心很强，无论肥皂还是电线，它都会去啃咬。所以，把它从笼子里放出来的时候一定要多加小心。

雪貂还有一个作为宠物最大的缺点——体味重。雪貂身上的味道比小猫小狗强烈很多，所以一旦养了雪貂，就要想好，自己很有可能会被来访的客人抱怨“你家好臭，不想走进去”。从这方面上讲，饲养雪貂也要做好心理准备。

土拨鼠和雪貂的寻找方法，基本和找猫找兔子相似。它们基本不会跑太远，一般都能在家附近找到。它们大多会躲在和巢穴相近的隧道状空洞里，比如排水沟、巨大木头窟窿、施工现场的木材底下等等。我会在它们失踪的现场附近投放传单，同时寻找一些类似的洞穴。

可能是职业病吧，就算是没有寻找土拨鼠和雪貂的任务，每次看到那种隧道状的窟窿我都会想“这种地方应该很方便躲吧”，然后忍不住去确认里面的情况。这个习惯已经彻底养成，我每次都是下意识探头去查看，并不止一次把同行的人吓了一跳，惊讶地问我：“你干吗呢？”

土拨鼠不但会找一些现成的洞穴躲着，很多时候它们还会自己挖洞藏身。我一般在寻找时也会排查一些失踪现场附近的院子或田地，看看这些地方有没有新挖出的洞口。土拨鼠的巢穴特征很鲜明，巢穴周边被挖出来的土会像火山口一样鼓起来，只要看一眼就能立刻认出来。还有些洞穴比较像是在棒球投手板上挖的窟窿。野生的土拨鼠会弄出一个大约一米高的土山包住在里面。宠物土拨鼠挖出的巢穴也大约能高达三十厘米，还是很醒目的。

此外，雪貂属于肉食动物，所以我经常会收到一些诸如“我看到它在鸡舍前面”，“我看到它好像在鹦鹉笼子下面转悠”的目击信息，并成功找回它们。

大概是在十年前吧，板桥区一对姓富田的母女拜托我帮忙找过一只土拨鼠。那家的母亲五十来岁，女儿二十来岁，二人多年来在商店街上经营一家小型宠物商店。一楼做店铺，二楼三楼自住。母女俩给我一种非常温和的印象，看样子，比起营利，母女俩纯粹是出于喜爱动物才开那家店的。

她们丢失的是一只雄性的土拨鼠。它并不是用来出售的，而是富田母女在异宠热之前就开始养在家里的宠物。因为这只土拨鼠性格沉稳，胖胖的，总一副满不在乎的样子。所以母女俩给它起了个名字，叫“老板”。

当时我因为其他的工作脱不开身，所以寻找“老板”的任务就落在了我们事务所其他成员身上。他们以富田家的店铺为中心，一边投放传单，一边在商店街及其周边仔细搜索，并且把重点放在了逐一搜查排水沟上。在盛夏酷暑之中，当时负责寻找“老板”的人被累得不轻。

我们按照这种方式一点点扩大搜索范围，一周过去了，依然没有找到“老板”。我也收到了同事的详细报告，根据情况判断，“老板”应该是藏到一般人看不到的地方了。

我们这边的搜索工作持续了一个星期就暂告一段落了，但富田母女还未放弃，始终坚持不懈地寻找着“老板”。我也坚持在和富田母女通着电话，给她们一些诸如“那么，接下来就在这附近张贴启事吧”，“从投放第一批传单算起已有一个月了，所以最好再投递一批，加深近邻的印象”的建议。

就这样，我们保持着定期联系，差不多过了一年。

“藤原先生！我们找到‘老板’了！”

接到富田女士（母亲）电话的时候，我大吃了一惊。虽然知道她们还没放弃，但过去了这么久，我本以为“老板”早就野化，很难再找回了。

我询问找到它时的情况，得知它好像一直住在附近的排水沟里。因为听邻居说："看到有个很像你家'老板'的生物出现在那边。"于是富田母女就跑去排水沟附近蹲点，结果发现洞穴里扭动着冒出个泥块一样的东西。

干燥的泥土好似铠甲一样覆盖了它全身，就连饲主富田母女一时间也没认出那是"老板"。好不容易把那团干巴巴的"泥块"逮了回去，费了好大的力气把它身上干燥的泥巴洗掉，"老板"久违的模样才显露出来，"一家人"总算团圆。

"老板"已经彻底变成了野生土拨鼠，它把那个排水沟当成了自己的大本营。看上去似乎也早忘了自己曾经被家养过。不过，整整一年都没放弃寻找它的富田母女还是开心极了。

虽然土拨鼠属于杂食动物，逮到什么吃什么，但它们基本上还是食草的。"老板"这一整年竟然就在商店街附近的排水沟里生活，真是令人吃惊。还有一整年从未放弃过的富田母女，也令我深感敬佩。

成为宠物侦探这十五年间，我见过的能坚持超过一整年始终充满耐心地寻找宠物的饲主，包括富田母女在内也就寥寥数人。这可不简单。并不是一直找下去就一定能找到，可他们仍旧坚持寻找着自己的宠物，这些案例也令我深深感慨：永不言弃的信念感是多么重要啊。

第2章

宠物侦探“破案”

Case 9

逃脱密室的腊肠犬

“我的狗从车里跑了。”

这是一个居住在东京杉并区的女性发来的委托，于是我赶到了她家。

委托人田边女士是一名二十来岁的年轻女性，同母亲住在一起。她们两人看上去似乎都很担心狗狗，回答我的提问时，母女俩非常和气，给人印象很好。丢失的迷你腊肠犬名字叫可可。我看了它的照片，是只年幼且皮毛光滑的小狗，照片中的它正望着镜头方向，微微咧嘴笑着，一眼就看得出很受宠爱。

可可是在一周前失踪的。当时田边女士带着可可一起，跟未婚夫去逛公园。就在代代木公园的停车场，可可丢了。

“我带着可可在狗狗运动场玩过之后，返回停车场。未婚夫说要去买果汁，于是我就和可可在车里等他。过了一会儿后他说：‘你来一下，我的硬币掉到自助售货机下面了，可不可以帮我找找？’我想应该不会耽搁太久，于是就把车窗稍微打开了一点，把可可独自留在车里，跟他去自助售货机那边了。就在短短的几分钟里，可可就不见了……”

“它是从车窗翻出去的吗？”

“也有可能……但是，车窗没有开到足够让它翻出去那么大，只是开了条小缝透气，可能也就这么宽而已。”

田边女士一边说着，一边伸手比了一下缝隙的宽度，看上去只有两三厘米。就算是小型犬，也不可能从那么窄的缝隙里钻过去。所以我立即开始考虑狗被偷的可能性。

“车门锁了吗？”

“是的，当然锁了。我很少把它留在车里，所以确认过是锁上了的。回到车子旁边时车也依然是上着锁的。”

“为什么唯独那时候没有带上您的爱犬呢？”

“我说了想带着可可一起走，但是我未婚夫说‘就把它留在车里吧’。”

“平时不会把它单独留在车里，对吗？”

“是的，平时都是一起去买果汁的……”

“那天为什么只有他独自去买果汁了呢？”

“那个……呃，我记得自己当时确实说过要和他一起去来着。对了，那天他说‘我自己去买就好，你在车里等我吧’……”

“他不喜欢狗狗吗？”

“不，没这回事啊。他很宠可可的。”

田边女士露出诧异的表情，好像在疑惑“为什么要这么问”。可我当时已经起了疑心，觉得“说不定就是这个未婚夫……”，因为那个不可能逃出去的车窗缝隙，还有他那反常的言行。

我又仔仔细细把可可失踪时的情况，以及田边女士未婚夫的信息问了一遍，随后彻底确定：偷狗的就是他。这个人平时明明对小钱小财并不在乎，那天却对滚到自助售货机下面的硬币异常执着，而且那钱到底也没找见。他恐怕是故意引田边女士和他一起去找钱，然后让自己的同伙趁机去偷了可可吧。

可是，我又该如何解释呢？田边女士的未婚夫大岛先生似乎是个相当正常且认真的公司职员。再看看我，一个模样可疑的宠物侦探，而且今天还是和田边女士第一次见面。要问她会信谁，那肯定是信她的未婚夫了。可是，闯不过这一关，工作就进行不下去。于是我下定决心，开口道：

“虽然话不好听，但……我觉得很有可能是您的未婚夫大岛先生偷走了可可……”

田边女士听到我这样讲，难以置信地睁大了眼睛。

“怎么可能……他不会做那种事的……”

果然。我严阵以待，大脑飞速转动，思索如何说服她。可就在这时，出乎意料的援军却突然登场。之前始终坐在一边静静听我们说话的母亲开口道：

“我觉得，侦探说得没错。”

“欸？”

“事已至此，我就明说了吧……我从很久之前起，就觉得那个人不可信……”

“等一下，妈妈……”

田边女士似乎受到了很大的打击。的确，爱犬丢了，未婚夫背叛了自己，母亲又突然语出惊人，意料之外的发展就这样接连登场……虽然为田边女士感到惋惜，但我却有种得救了的感觉——事情能朝着正确的方向推进下去了。

等到田边女士情绪稳定下来，我开始解释起怀疑大岛先生的根据，设法让她接受我的说法。随后，我又去大岛先生那里询问了信息。他住的是公寓，不能养宠物，我也没在他那里看到可可。如果可可真的在他手中，那或许是藏在了某个亲近的朋友或家人那里；也有可能是被带走扔掉了，或者被杀了。不过，我们暂时先不去想那种最坏的结果。

听田边女士说，大岛先生和自家亲戚关系很好；而且可可刚一失踪，大岛先生就马上回了一趟京都的老家。如此看来，可可估计不在他朋友家，而是被带去了他老家。

我自己也有工作缠身，没法亲自去京都。不过我联系了在京都的侦探，请他暂且去大岛先生家蹲守。那位侦探不是宠物侦探，而是个普通的、人类专用（？）的侦探。

但是，这侦探实在是不中用，花了不少侦探费，也搞不清楚有没有好好做事。就这么过了好几天。如果大岛先生老家真的有狗，那透过窗户应该能瞥见，也能听到声音，一天肯定也要带出去散步一两回。可是我明明在电话里屡次请他汇报情况，却始终没有任何进展，真是令人头疼。

虽然我这个宠物侦探说这种话有点不客气，但我觉得“人类侦探”里浑水摸鱼的家伙不在少数。有次我和某位律师聊天的时候，对方还笑着告诉我：“我这儿可没什么像样的侦探能介绍给你哟。”

如果可可并不在这个未婚夫老家里，那搜索方式就得从零开始重新规划。如果都搞不清楚它到底在不在未婚夫老家，也就没法再着手下一步了。

正在我头痛之时，田边女士联系了我，说大岛先生似乎又回老家了。之前从没见他在短时间内回老家这么多次，所以，她也从一开始的半信半疑，变为认定大岛就是偷狗人。我老老实实向她坦白，讲明了京都侦探的状况。于是她当即回答“那我自己去确认一下好了”，决心直接去未婚夫家一探究竟。在这种时候，女性强大的行动力真是令我叹服。

两天后，田边女士联系了我。

可可找到了，状态很好。接下来的消息就是从田边女士那儿听来的了。

田边女士在大岛的老家门外窥察情况，很快，大岛就领着可可走出来了。只见可可身上穿着背带系着牵引绳，看上去就是正常出门散步的样子。

见田边女士走到自己眼前，大岛先生慌极了。田边女士诘问：“这究竟怎么回事？”大岛先生开始还试图找借口掩饰，最后还是放弃了挣扎，坦白是自己偷了可可。他另配了一把车钥匙交给了朋友，然后让朋友去代代木公园偷走了可可。后来，由他亲自带可可回了京都老家。接下来，他准备再把可可带回东京，假装是自己努力找到的，给她一个惊喜……

没错，一切都是大岛先生自导自演的闹剧。他的理由是“想在女友面前表现一下”，“想让女友对自己刮目相看”，所以就偷偷编排了这么一出戏。

虽然最终找到宠物的是委托人本人，不过田边女士还是认认真真地感谢了我。她说自己一开始根本没怀疑未婚夫，所以“能顺利平安找到可可，还是多亏了侦探”。最后，她干脆利落地补了一句：“我已经解除了婚约。”

大岛先生偷走可可的动机乍听来好像很可爱，但实际上这种行为可是犯罪。真不懂他怎么会想到如此离谱的点子，如果只是想在未婚妻面前表现一下，明明还有其他办法。

不管怎么说，他最终也失去了重要的未婚妻，这或许也算得上是自作自受了。

Case 10

偷猫的男人

除了上一桩案子那样，男方因为想在女方面前表现，自导自演偷狗大戏的，我还经手过这么一桩案子——

这次的委托人也是一名年轻女性，她打来电话说自家的猫咪丢了。于是我立即赶往位于大田区的丢猫现场。

对方是一名二十出头的年轻女性，姓草野。她请我进了房间，让我先查看一下现场。她住在一户稍显陈旧，但也小巧整洁的独栋房子里，屋里收拾得非常干净。

不过，二楼的日式房间却呈现出一派相当异常的景象，地板上扔着十来只蝉的尸骸，而且所有蝉的翅膀都被扯掉了，散落一地。

“这房间的窗户开着，我猜雷欧就是从窗户逃出去的。它平时不会虐待昆虫，它不是那样的宝宝，我猜它离家出走一定事出有因……”

草野女士看上去心急如焚。她家的猫咪雷欧，是一只黑白色的奶牛猫，从性格上讲，属于比较胆小的公猫，从来没离开过饲主家，一直都是养在房间里的。在城市里家养的猫大都如此。昨天草野女士回家发现二楼的窗户开着，雷欧不见踪影，榻榻米上散落着一地的死蝉。

这些昆虫尸骸令我十分在意。我第一眼就觉得奇怪。如果说是猫咪弄的，那它们看上去未免太“漂亮”了。猫咪大多只会逮着昆虫叼给饲主卖弄，如果弄伤了猎物摆弄着玩儿，应该会把尸体撕扯得更碎些，看上去更惨些才对。可是眼前这些蝉的翅膀都是从根上整整齐齐扯掉的，看上去明显属于人为。

倘若是在乡下比较宽敞的宅子里，倒是有这种可能。但草野女士是住在没什么草木的东京中心的住宅街，蝉是很少飞进房子里的。偶尔飞进来一只两只也就罢了，这样接近十只全涌进房间里基本不可能。雷欧此前也从未捕过虫子或老鼠，突然一口气逮了十只蝉，这种可能性实在太小了。

“您是独自住在这栋房子里的吗？”

我环视草野女士家中，如果是一人居住，未免略有些宽敞。

“不，我和男朋友一起住。啊，我找您的事情，还请对他保密。他不同意我花钱请侦探……还说侦探肯定找不到雷欧……”

“哦，好的。”

这种情况，其实不仅发生在这一桩案子上。帮找宠物的服务不便宜，很多委托人想请侦探时也会遭到家人反对。不少委托人都是偷偷对我说“请和我家里人保密……”，随后把委托金交给我。

“我男友说雷欧一定是咬死了飞进房间的蝉，情绪亢奋，追着其他的蝉就那么蹦出了窗户。雷欧是我从老家带来的，我更了解它。它绝不会做这种事。”

“最近，除了您的男友，还有谁进出过房间吗？”

“不，没有别人了。”

“雷欧丢了的时候，您有没有忘记锁门呢？”

“没有，我应该是锁上门了。如果忘了的话，我肯定有印象……”

听到这儿，我顿时觉得“这案子应该也是男友干的吧”。

根据草野女士的说法，她的男友似乎一口咬定雷欧就是自己从家里跑掉的。而且，明明说是从窗户溜走的，但他却完全没有在附近找找的意思，只是坚持称“反正也找不到”“做什么都没用”。

而且，这些死蝉的状态怎么看都是人手造成的。把这伪装成是猫咪的行为，这在没养过猫的人看来或许有点可信，可饲主草野女士非常了解自家猫，所以她才会从这种状况之中看出异样。我孤注一掷，赌上了草野女士的信任，开口道：

“那个……有没有可能是您男友布置了现场，然后把雷欧带走了呢？”

“怎么会！”

她露出“这种时候怎么能开玩笑”的表情，当即反驳道。

“他没有理由这么做，而且，他也并不讨厌雷欧。怎么会……”

为了说服她，我努力解释了半天，可她根本不相信我的话。如果这些蝉的尸骸不是雷欧弄的，那就只能是男友弄的了。可在她心里，这两种可能性都不存在，于是思路就卡住了。

不过，心爱的猫咪才刚刚离奇失踪，饲主情绪波动大，无法冷静思考，这也正常。而且，她男友所说的“从窗户逃出去了”的可能性的确存在，所以我先把眼下的争辩告一段落，姑且先顺着这条线索去找猫了。

因为不想让男友知道找侦探的事，所以我没法张贴醒目的启事，只能尽量到处投放传单，同时仔细搜索一些胆小猫咪喜欢藏匿的场所；但根本找不到雷欧的任何踪迹。就这样一直找到了搜查的第一阶段，也就是第三天结束。

草野女士最终还是在那三天里把“请了宠物侦探”的事情告诉了男友，对方十分强硬地对她说“别请了”“你找那种人也绝对找不到的”。草野女士本人是想坚持找下去的，但是男友如此强烈反对，她也很头痛。

“侦探先生，能请您和我男友谈谈吗？希望您能说服他，告诉他一定能找到雷欧的，好吗？”

既然草野女士这样讲，我便同意去见她男友三浦先生了。

我认为这个案子就是三浦先生做的，所以有一点我和三浦先生倒是意见一致，那就是：再继续查下去也找不到雷欧。不过，如果能和他当面谈谈，说不定能抓到什么线索。于是，我便约了三浦先生见面。

当日，草野女士因为工作没能同来，是我独自去三浦先生那边拜访的。之前听草野女士的描述，我以为对方是个有点可怕的商人，但实际见到之后发现，三浦先生大约三十岁，是个看上去十分严谨的公司职员。互换名片之后我开始同他攀谈，对方果然一口咬定“你们绝对找不到雷欧”，看上去自信极了。

“您为什么坚持认为我们找不到雷欧呢？”

听我这么问，三浦先生略有语塞，随即说：

“我请占星师算过，说是绝对找不到的。”

这个说辞听得我愣了片刻。接下来的对话，我俩也始终没有聊到一起去。我期待对方顺口吐露点什么有效的信息，于是就和他聊了很多生活琐事，还和他打听了不少草野女士的消息，但最终还是一无所获。

那一天的晚上，工作结束后的草野女士给我打了电话。

“我和他聊过了，他还是坚持反对去找雷欧。”

“是吗……”

她似乎非常沮丧，我继续说：

“他还告诉我，他找占星师算过，占星师说绝对找不到。”

“占星师？就是算命的那种人吗？”

“他是这么说的。”

短暂的沉默之后，她用和之前截然不同的声音低语道：

“他那种人，不可能去占卜的……”

也就是在这时，她终于意识到了些什么。

“寻找雷欧的事情，能请您给我点时间再考虑考虑，好吗？”

她声音颤抖着，挂断了电话。我大概想象得到，电话那头接下来必然是一场腥风血雨。

那之后又过了两三周，草野女士主动联系了我。

电话里，她似乎确定这件事就是男友做的了。至于猫咪究竟去了哪儿，她追问了无数次，可三浦先生依然佯装不知，他那副模样反倒更令草野女士确信事情就是他做的。于是，草野女士提出分手，搬了家。关于雷欧的去向，她仍旧相当牵肠挂肚。可是听她那种近乎绝望的语气，我判断她的前男友不太可能把雷欧养在了别处，可能扔到了很远的地方，也可能更糟糕……谁知道呢？

“我平时太宠着雷欧了，他大概是吃醋了吧。如今再想想，他有时候对雷欧的态度也让我很不舒服……”关于三浦先生对雷欧下手的动机，草野女士是这么猜测的。

事后琢磨，我也是越想越不舒服……总而言之，这件事也算是告一段落了。

不过，想到上一个把宠物带回老家的那个未婚夫的做法，我忍不住想，这种用出格的行为去吸引恋人注意的为什么总是男性呢？女性就不会做这种事。想来，这些男性虽看似狡猾，但其实脑回路是有点缺陷的吧……

Case 11

被“捡走”的小狗

那还是某电视台的情报类综艺节目刚刚开播之时，不知为何，摄制组跑到我这儿来要采访。因为是第一期节目，工作人员想做出有足够冲击力的内容，大家都摩拳擦掌的。

说实话，我一直觉得自己的工作就是整天贴启事、投传单、到处兜兜转转打听，土气得很，真不觉得哪里有趣。但是见工作人员那么热情，我也只好同意了接受他们的拍摄。

可是，接受采访，成了一切错误的开始。

那次的委托人是一名姓渡边的五十来岁主妇，住在名古屋市郊外一片崭新住宅区的独栋房子里。她家的子女已经独立，这房子是夫妻俩辛苦半辈子置办下来的产业。渡边女士一直想养宠物，终于有了自己的房子，夫妻俩马上养了一只小狗。然而好景不长，狗丢了。渡边女士是全职主妇，看上去气质保守谨慎，不过她也同意了电视台来拍摄。

丢失的小狗是只一岁的迷你腊肠犬，名叫马隆。马隆平时都养在家里，那天天气比较暖和，主人就把它拴在了院子里。渡边女士就在一旁清除杂草，修剪院子里的树木。中途她回屋去了趟厕所，只离开了几分钟，回来时小狗已经不见了。她猜测马隆可能是挣脱了项圈，钻过大门下头的缝隙溜出去的。

马隆是只好奇心旺盛的小狗，所以它说不定会跑得非常远。我先按常规方式，开始贴起了寻狗启事。因为丢失的是一只可爱的小型犬，所以走失后很有可能会被人捡回去养起来。

我坚持着这项不起眼的工作，贴了一百多张启事，节目组的五个人全程跟随。跟到后面，他们似乎已经厌烦了，但我只能权当不知道。

最初两天，我一个劲儿地贴着启事，没得到任何信息。接下来，我开始在渡边女士家附近，还有平时她领马隆散步的路线上打听了起来。之前见过马隆的人不在少数，但走失后的相关信息还是基本没捞着。节目组那五个人浩浩荡荡跟在我后面，很多人一见这阵仗就拒绝跟我交谈了。说实话，这让我很难办。而我也感觉如芒在背，甚至感觉得到身后五人无声的谴责："你怎么还没找到啊？""这样下去节目也太没劲了，没点什么精彩的场面吗？"

基本搜索第一阶段的三天已经结束了，什么信息都没到手，完全搞不清马隆的去向。渡边女士已经显露出半放弃的态度了，但电视台那边却不想放弃。我最终依然在名古屋逗留，和节目组一起继续寻找。不单是张贴启事，我还大范围地投递传单，用尽了一切手段。可是五天、六天过去了，依然是音信全无。

之前一直跟我一起行动的导演看我的眼神都好像在说："找不到狗就剪不成片子啊……这个侦探该不会是什么骗人货吧？"当然，这也可能是我心存愧疚，所以胡思乱想。总之，我当时的心态真的就是那样——对饲主还有节目组都愧疚无比，难受得胃都要裂开了。

结果，我们就这样束手无策地找了一个多星期。电视台的播放日迫在眉睫，于是搜索行动只好结束。找到的宠物转眼就忘，找不到的宠物却总是压在心头。那段日子，我天天闷闷不乐地在脑子里琢磨：还有没有别的办法呢？是不是忽略了什么细节呢？不知何时，那个节目也已经在名古屋播出了。

播放内容里也讲明了“宠物最终没找到”，我的废柴侦探形象就这样被公之于众了。我忍不住想，爱知县那边估计再没有人委托我找宠物了吧。

节目播出后过了几天，电视台联系了我：

“有人把电话打到我们台，说自家附近有人养着一只和马隆很像的小狗。”

仔细一问，联系电视台的人住在离渡边女士家很远的丰田市。再怎么看，小型犬都走不了这么远的距离。所以，我总感觉他们发现的是只长得比较像马隆的小狗……但是，马隆丢失的时间和那边开始养那只小狗的时间是一致的。于是，我又跑了一趟名古屋，和渡边女士会合后，租车向丰田市奔去。

我们赶到了那个可能养了马隆的地方，从那

一家窗户的窗帘下面，能看到里面的确有只迷你腊肠犬。

“马隆……马隆！”

渡边女士一靠近，狗狗就注意到了她，甚至站起身前腿扒着窗框开始拼命摇尾巴，看来的确是马隆没错。

我和渡边女士询问了一下这一家人。

“这小宝贝是我妹妹带来的。大概半个月前吧，她说是别人扔的，她给捡回来了……”

这家人立刻把马隆还了回来，我也松了口气。如果是故意偷的，很有可能会佯装不知。如果只是捡了迷路小狗回去，也有很多人会因为养了一段时间，产生了感情，谎称“这孩子一直都是我们家的宠物”，从而发生一些不必要的纠纷。

“我妹妹说这狗被扔了，看着可怜，所以想自己养。但因为是新买的房子，老公觉得会把家弄脏，所以反对她养……虽然她老公看着挺好说话的。于是她就问我，能不能养在我这儿。要是在我家，她时不时就能来看看，开车很快就能到。”

“请问您妹妹有没有说是在哪儿捡到这只狗狗的呢？”

“不知道啊，她没说是在哪儿捡的……但是应该就在她家附近吧。她就住名古屋××区××街道，姓大河内，您认识吗？”

“欸？”

一听到捡马隆回去的人姓“大河内”，渡边女士的表情顿时僵住了。这名大河内女士所住的正是渡边女士家那个街道。说不定，她们真的认识。此时，渡边女士已经露出了一副从未见过的恐怖样貌。我急忙收起话头，催促渡边女士一起离开。

“刚才说到的那个大河内，她就是我的邻居。”

离开后，渡边女士努力控制着怒火告诉我。

“我家马隆丢了的时候，我第一时间就问过她家了。她竟然装傻……还说什么‘狗是被扔了的’，太过分了……”

看样子，是渡边女士的这位邻居趁机偷走了拴在院子里的马隆。但是她实在没法明目张胆地养这只狗，所以就把它送到了自己姐姐家。怪不得我们怎么在附近找都找不到它。

说起来，那个大河内，其实我当时也是问过的。她还说：“真让人担心，希望你们早点找到它哟。”真想不到那个看上去温和又普通的阿姨竟然就是偷狗贼。

总而言之，马隆顺利平安地被找到，回到了渡边夫妻的身边。我也高兴极了，急忙联系了和我同吃同睡了一周的节目组，告诉他们狗狗已经找到了。

“哦，是吗。”

对方的回应很平淡，没有丝毫激动的情绪。

也是啊，毕竟节目已经播完了，这件事对于他们来说也一点都不重要了吧……虽然我成了大家茶余饭后闲谈时口中的废物侦探，污名无法再洗脱，不过还是多亏了电视台，马隆才被顺利找回去，所以我还是要谢谢电视台。

不过，如今渡边女士和大河内女士依然在做邻居吗？她们两家住的可都是新建好的宅子，应该不太可能随随便便就搬家吧。那这二位大概还要继续尴尬地做邻居了。

Case 12

“八墓村”黑猫

那是一次来自长野县大山深处的委托。

我在特急列车停靠的车站租了一辆车，又开了一个多小时，一直开到了不通电车也不通巴士，连便利店也没有的大山深处。那里零零散散地有些住户和田地，看上去就是濒临荒废的村子。

我依靠导航，好不容易找到了委托人佐伯女士的家。她住在一栋茅草屋顶的房子里，虽然这宅院面积不小，但是看上去相当陈旧，一副快要散架的模样。整个儿就像那种会出现在《日本传说故事》里的老爷爷老奶奶的家又更进一步破败成废墟的模样，看上去相当恐怖。我甚至怀疑那里头住的是不是人。

委托人佐伯女士是一名不到五十岁的女性，她的着装很有个性，不像是农村人的常见装扮。她说话的方式很委婉，给人一种十分温柔的感觉，但讲述的内容却相当具有攻击性，感觉是一名相当与众不同的女士。她没有化妆，长长的头发看上去也乱糟糟的，似乎完全没打理。看样子她似乎不太在意形象，说实话，给我的感觉是有些脏兮兮的。

但是她的面容却惊人地标致，就像是……一名很漂亮的职业女演员，只是扮相邋遢。后来我意外有机会看到了佐伯女士年轻时候的照片，她的五官立体得简直不像日本人，完全是个绝世大美女。就算把那张老照片上的她说成是电影明星也不会有人怀疑。这二十年里，她身上究竟发生了些什么呢？

佐伯女士是一名陶艺家，平时都住在东京，偶尔会来这边的老旧民宅工作。从外观上看这房子压根儿不能住人，走进里面，情况就更糟糕了。可能是因为下雪，屋顶的各个地方都漏了窟窿，所见之处，完全没有做浴室的房间。可能就是因为这样，佐伯女士的仪表显得不太整洁吧。

她丢的是一只四岁的黑猫，名叫虎彻。这猫平时都是自由出入。据佐伯女士说，她住在东京家里的时候，虎彻会被留在长野，饿了就在外面随便找点吃的，所以很有野性。就在佐伯女士逗留东京的那两周，虎彻不知所终。它之前明明都能好好回家睡觉，这几天却完全没在家里见到它，所以佐伯女士才猜测它应该是走丢了。

因为这个村子住户很少，与其张贴启事，不如直接找住户问话。于是我开始走街串巷，结果住户们的态度却个个都很差。

“谁啊你是？来干什么的？”

“你这家伙，是不是佐伯的走狗？快滚快滚！”

“那种猫丢了才好，死了更好！”

“看你好像跟那个佐伯不太熟，这次就对你客气点，下回还敢来，就别怪我们下手了！”

“那家伙在这儿待着就让人烦，最好早点滚出去。”

这小村庄只住了十来个人，可是问到哪一个人都是这么没好气。

这封闭的山村简直就像横沟正史的“金田一耕助系列”里的村子一样，村里人对佐伯女士和她家的虎彻可以说是嫌弃至极。佐伯女士是外来户，而且看上去比较标新立异，村民对她是那样的态度还算可以理解，小猫虎彻又为何会遭大家厌恶呢？

我一路碰着钉子坚持打听着，然后遇到了一个了解虎彻情况的男性。

“你说那只猫？被我杀了！扔山里了！”

那名六十岁左右的农民这样回答。我一边努力安抚他，一边听他讲述。原来，虎彻经常刨坏农田，糟蹋蔬菜，还跑进住户家里去把厨房搅得一团糟，可以说是为所欲为，时常闹得翻天覆地的。而且倒霉的恐怕不止一两家，所有农户都遇到了同样的情况。

就在最近，这个农民饲养的小狗和虎彻打了一架，被伤得不轻。当时目睹了过程的他禁不住怒火攻心，直接把虎彻杀掉，扔进了深山。

给别人家添麻烦，这确实不合适，佐伯女士应该负起责任把虎彻看管好。虎彻本身并没做错什么，去偷盗也只是它为了生存采取的手段而已，所以我十分同情虎彻。

就算已经被杀了，那也得把尸体找出来，我的工作才能算结束。我和那人打听抛尸的地点，可是对方的回答模棱两可，再问第二次、第三次，他便改口说是别的地方。我执着地追问下去，他就急得挥起了手中的镰刀，威胁我道：

“你有完没完！它下次再跑出来，我就用这把镰刀砍了它！”

见势不妙，我急忙逃走了。

不过，那个人应该没有杀掉虎彻。他说“它下次再跑出来”，也就是说，杀猫的事是瞎编的。他可能只是把猫抓走，扔到了很远的地方吧。

总而言之，我就循着男性“扔掉了”的供词先找了下去。我看过虎彻的照片，它一脸天不怕地不怕的模样，而且一直都是靠自己找吃的，是只很坚强的猫咪。只要它还活着，多花点时间，肯定能找到的。

在大山深处找猫的工作并不顺利，转眼就过去了三天，可能要开始打持久战了。因为还有其他的工作，我暂时先回了自己家，那边的工作结束之后，我再次返回长野。

佐伯女士告诉我："花多长时间都行，多少钱我都出得起，请帮我找到虎彻吧。"看来，她对虎彻的感情出人意料地深。不给吃的就把虎彻长期留在家里，它跑去邻居家给人家添了麻烦她也无动于衷，但这恐怕正是佐伯女士的一种喂养方式吧。

"因为猫的天性就是那样啊，自由地跑到外面，在自己喜欢的地方待着，在自己觉得合适的时间，吃自己爱吃的东西。既然是猫咪，或多或少会捣点鬼的嘛，我认为夺走猫咪的自由，这是人类的傲慢，不是吗？"佐伯女士自信满满地说着。

过去这么养猫或许是可以的，但这种方式给村里的邻居带去了不少烦恼。所以还是应该先得到村民们的谅解才行，否则搜索工作就推进不下去。

于是，我充满耐心地坚持拜访村民们，代替佐伯女士去为虎彻做的错事道歉，并且恳请大家帮忙。我还拜托村长："这次虎彻如果找回来了，佐伯女士一定会好好管理的，如果再遇到什么问题，请您随时找我。"

在此期间，村民们对我的反感逐渐变成了认

同，大家开始觉得："哎呀，既然你都说到这个地步了……看你也怪不容易的……"大家也逐渐愿意帮我了，都说如果看到了虎彻一定会联系我。

那个宣称"把猫杀了，扔掉了"，还挥动镰刀的农民大哥也逐渐改变了态度，后来他看到我时还会笑着打招呼："哟，你又来了啊！"看来，他原本是个性格不错的人呢。

我对山中和近邻村落的搜索范围又进一步扩大，但是始终没有找到虎彻。我从自家平冢到长野反复跑了无数次，坚持搜索了近两个月。最终，距离佐伯女士家五公里的一个村子有人看到了启事，联系我说："我家院子里有只猫咪和启事上的猫很像。"这才总算找到了虎彻。

明明离家流浪了两个月，虎彻看上去却一点没瘦，膘肥体壮地回到了家中。它跑去的那个村子此前不久也开始出现庄稼食物被破坏的情况，看来也是虎彻搞的鬼。这猫真是霸道得很，一脸无所畏惧的模样，果然宠物随主人啊。

不过，即便是佐伯女士，发生这件事之后也会在回东京的时候带虎彻一起走了。那个村子的村长至今也没有再联系过我。我也再不想动不动地就被喊去长野的深山里了，所以，也算松了一大口气吧。

Case 13

沙坑里的约克夏

那是来自横滨市某安静住宅区的一家人的委托，接到电话后，我赶了过去。

不知所终的是一只三岁的约克夏，名字叫扣扣。照片上的它毛发被修剪得非常漂亮，头顶还扎着小小的蝴蝶结，看得出是很受宠爱的狗狗。

委托人岩崎女士是一个四十岁上下，非常有气质的太太。据她讲，一天前大家突然发现家里到处都找不到扣扣了。为了确认狗狗的逃跑路线，我请主人带我在家中走了一圈。岩崎家非常宽敞漂亮，看样子扣扣不像躲在了家里，而且窗户也全关着。没见到有什么能让它跑出去的地方。以防万一，我把院子的边边角角也都搜查过了，但没找到扣扣。院子结结实实围了一圈围栏，也看不到有什么能让小狗逃出去的缝隙。

小狗小猫很多都是在业务员和客人来访时，趁开门的工夫溜出去的，但扣扣走丢的那天家里并没有访客登门。

“说起来，昨天我女儿的朋友们来玩儿了，说不定是在那时候……”

“那我能和您女儿聊聊吗？”

我等岩崎女士的女儿小雏放学回来后，和她聊了聊。小雏刚读小学低年级，还是个很天真的小朋友。

“嗯，昨天小樱和真央来过我家哟，我们一起在家里玩儿了。”

“她们俩走的时候，扣扣有没有跑出玄关？”

“没有啊，小樱回去的时候扣扣没在玄关。”

“那真央呢？”

“不知道，不晓得她什么时候回去的。”

“真央是个什么样的孩子呢？她会不会把扣扣带走了呢？”

“……”

小雏沉默了。我本来以为，是我这个来历不明的侦探怀疑她朋友，让她不开心了，但情况似乎并非如此。

一番询问后我了解到，真央在此前就曾经对小雏说过：“我家没钱，养不起狗，凭什么你家就能养？我也想要狗狗。”类似这样的话，而且还是最近说的。

看样子，真央带走了扣扣的可能性很大，说不定是藏在什么地方偷偷养起来了，或者是扔到很远的地方了吧。如果是扔了，那可就麻烦了……想到这儿，我请小雏带我去了真央家，找真央了解情况。

“侦探先生，请你早点找到扣扣好不好。我觉得它肯定很饿了。平时都是我早上喂它，它今天都还没有吃饭呢。”

一路上，小雏都这样一脸稚气地和我说着。

我们到了真央家，那是一片老旧的公寓区。的确，那儿的环境不太适合养狗。

如果是真央带走了扣扣，那当着小雏的面她应该也开不了口，所以我就让小雏先回家了。

我就在真央家的玄关附近和她见面并问了她几个问题。

“昨天，小雏家的狗狗不见了，你知道些什么吗？”

“不知道。”

“是一只叫扣扣的小型茶色狗狗，你认识它吗？”

“嗯。”

“你离开小雏家的时候，看到扣扣了吗？”

“没有。”

“推开小雏家玄关门的时候，扣扣有没有跟着你一起出来吧？”

“没有，我说了没看到它。”

真央佯装事不关己，眼神躲闪，语气也很生硬。这时我可以确定，就是这个孩子干的。看她回答我问题的样子，似乎对我跑来她家找扣扣并不感到意外。所以，我猜她心里本来就有准备。

在我反反复复的盘问下，真央终于坦白了：

“我把它埋了！”

她一脸受够我了的表情，气恼地说。

“埋了”这个词实在太出乎我意料了，我迟疑了片刻，又问：

“埋了？埋在哪儿了？”

“公园的沙坑。”

“你把它杀了？”

“也不是杀了，就是对着墙扔它，扔了几次它就死了，所以我就把它埋起来了！”

“是你自己扔，自己埋的？”

“对啊。”

她摆出一副“那又怎样”的表情。从那表情中看不出她有任何的罪恶感或者悔意，甚至还能感觉到她对自己的行为十分满意。我本以为她会把狗狗藏起来养，或者扔到很远的地方，万万没想到她是把狗狗扔到墙上摔死了它。这实在太出乎我意料了。

我为此感到悲伤。一个小学女生，为什么会下手杀掉一只可爱的小狗呢？而且她杀掉的还是关系很好，会去家里玩耍的朋友家的狗。当她把那柔弱的小身体摔到墙上的时候，心里究竟在想什么呢？

我追问到了真央埋小狗的公园，同岩崎女士一起去找扣扣。用手在沙坑里挖了一会儿，浑身沾满沙子的扣扣就显露了出来。

“我……我该怎么和女儿讲啊……”

岩崎女士含着眼泪，抱着身体已经变冷的扣扣，轻轻抚掉它身上的沙粒。以如此出乎意料的方式失去爱犬，她一定相当难过，但想到接下来得和女儿解释扣扣死去的原因，她的心情想必更加沉重吧。

“我想，有必要和真央的父母谈谈这件事了，需要我陪您一起去吗？”

我很担心岩崎女士，于是主动提出可以陪同。在围绕宠物发生的纠纷中，我作为第三方，经常会充当中间人。没到请律师的程度，但是想坐下来聊聊的情况下，我会参与进来。

“不，不用了。接下来就需要我们两边家长来想办法了……谢谢您。”

岩崎女士看上去虽然依旧悲伤，但她是一位很高雅又冷静的女士。这个案子到此结束，对于我来说，每每想起它都很难过。虽然找到了丢失的宠物，但找到的时候宠物已面目全非……每当遇到这种情况，我都感到非常痛心。如果死去的宠物是被杀害的，那心中的痛感会更强烈一分。

小孩子都会有一段十分残忍的时期，那个叫真央的孩子一定也正在经历这一时期吧。

在富裕阶层住宅林立的高档街道上，萧条的公寓的狭小房间里，住着真央一家。而另一边，即便是在这片高端街区里，岩崎家的房子也气派得十分醒目，一看就是富裕阶层。如此鲜明的物质条件差距，想必真央也都感受到了吧。

每每想到此后那两个小朋友的友谊，还有那两家父母的关系，我都会一阵揪心。

Case 14

无法挽回的巴哥犬

前来委托我寻找宠物的，不仅限于饲主。

很多时候，一些兽医和开宠物旅馆的人也会来委托我。对于宠物来说，离开家，被关在一个嘈杂的陌生环境里，还要忍受最最讨厌的治疗或被抹上沐浴露，那当然是一有机会就要逃之夭夭了。

大概五年前吧，我接到了来自静冈县的动物医院的委托。院长丸山先生年纪大约四十岁，此前我们就认识。他个子很高，体格也壮实，能轻松抱起一只大型犬，是个给人留下可靠印象的兽医。

“拜托您千万帮我找到，我只能指望您了……”丸山先生脸色铁青地说。

他几年前自立门户做兽医，小小的宠物医院，经营才刚步入正轨。因为了解他的情况，我也想尽快帮他解决难题。

丢失的是一只雄性巴哥，名叫幸运。丸山先生开的是一家宠物旅馆兼医院，而幸运就是在那儿寄宿的时候溜走的。

那天早上，丸山先生的助理将幸运从笼子里放出来，让它在屋内活动活动代替散步；因为幸运的主人说它特别讨厌被牵出去遛，所以助理就没有让它出门。但是这名助理因为要接待一名提早来访的客人，所以打开门进出，幸运就是趁这个机会溜走的。医院的人当时就注意到幸运跑了，马上就联系了我。当天中午，我就抵达了那家医院。

听丸山先生讲了一下情况后，我们开始等待饲主到场。虽然已经了解了狗狗失踪的情况，但熟悉幸运的性格、行为模式的还是饲主，必须和饲主聊聊才行。没过多久，饲主稻垣女士就来了。

“你们怎么还没找到幸运？”

稻垣女士骂骂咧咧地走了进来。她是个三十出头的小个子女性。这天正赶上医院下午休诊，幸好没有其他客人。稻垣女士发型服装都很夸张，看上去相当跋扈。

“瞧你们干的好事！你这个庸医！幸运呢？赶快去给我找回来啊！”

她完全不给人插嘴的机会，一来就开始不歇气地大骂丸山先生。虽然此时不该有此感想，但我甚至有点佩服她，竟然能连珠炮似的叫骂个不停……丸山先生瑟缩着，一副打心底里感到抱歉的样子，一个劲儿地鞠躬道歉。他低微的姿态让那高大的身子整体缩小了几圈。

我本来想跟稻垣女士了解一下幸运的特征，可她一直大骂着：“你开什么玩笑！你要怎么赔我！赶快把幸运还我！快点！”完全没法交谈。

费了半天劲，总算是要到了幸运的照片。我将那两位留在等待室，自己躲进了里面的屋子，我心想，还是等客人冷静一点再和她谈谈比较好。而且，一直听对方在高声大骂，我的情绪也禁不住开始消沉了……

照片里幸运的表情有些固执，但那也恰好是它的可爱之处。因为体形不算大，所以应该没跑太远。这种比较有特征的小型犬单独走在外面，应该很容易被人捡走，所以我得先张贴启事。想到这儿，我立刻着手做起了印有狗狗照片的启事，并且借用医院的机器打印了出来。

打好了启事返回等待室，稻垣女士依然怒气不减地叱骂着丸山先生。我也只好暂时放弃问她问题，先去医院周边张贴启事去了。

大概贴了约有一小时，我想着“客人总该冷静下来了吧”，于是回到了医院，结果我惊讶地发现，稻垣女士变成了两个。我简直不敢相信自己的眼睛，再定睛一看，原来另一名女士只是和稻垣女士很相像，年纪应该已经接近六十岁了。后来得知这个阿姨是稻垣女士的母亲，虽说是母女，但两人也实在是太像了，气质和服装完全相同，那张脸也简直是一个模子里刻出来的。

她们俩四只眼睛齐刷刷地瞪向刚走进医院大门的我，诘问：

“幸运呢？怎么没给带回来？你怎么回事？干什么吃的？”

“这侦探真是个废物！”

这回，稻垣母女的怒火又烧到了我身上。她们俩用完全相同的语气开始骂我，我感觉好像开了环绕立体声一样，沉浸式听了一场骂人比赛。

丸山先生看上去极其憔悴，被这两人辱骂了这么久，憔悴也很正常。虽然把寄养的小狗弄丢对于宠物旅馆来说是致命失误，但被骂成这样，我也有点同情丸山先生了。

我努力安抚着稻垣女士，费了好大力气才问出了关于幸运的详细信息。它已经做过绝育了，今年六岁。每周散步一两次，每次也就走个五到十分钟。看样子幸运不是那种很活泼的狗狗。它在巴哥之中属于体形娇小的，脖子上戴了项圈，比较神经质，胆子也小，很爱叫。

爱叫这一点，跟主人还蛮像的……我一边这样想着，一边坚持在外面找到了天黑。那天我们到底也没找到幸运，第二天还要继续。丸山先生头痛极了。

第二天一大早我就出动了，去跟在宠物医院周边遛狗的人打听，又将搜索范围扩大，增加了张贴启事的数量。于是，有人看到启事之后联系我，说昨天在距离医院三百米左右的公园里见到幸运了。我急忙赶去那个公园。

我在那个公园里仔细地搜索了一遍，但没发现幸运。搜查公园周围的时候，我远远发现附近一条马路上有一块黑色的污痕。我突然产生一种不祥的预感，走近观察。

“啊……”我忍不住惊呼出声。

地上是一只巴哥面目全非的尸体。可能是被车子反复辗轧，它的尸体已经像煎饼一样被轧成薄薄一片，粘在了沥青路面上，已经无法通过面容做出任何判断了。但是，从毛色和那个被轧坏了的项圈颜色来判断，无疑就是幸运。

这真是最坏的结果，我们竟然遭遇了最不愿遇到的情况。就算宠物被找到时已经死亡，那至少也要完整一些才好啊。一想到要把面目全非的宠物带给饲主看，我就觉得胸口钻心地疼。再加上，饲主还是那个稻垣女士……真不晓得会发生什么。

我情绪低落地给丸山先生打了电话，姑且把发现尸体的事情告诉了他。他要告诉稻垣女士，估计得做做心理建设才行吧。我先回医院找了一个空盒子，随后又返回现场回收了幸运的遗体。我在盒子里做了一层铺垫，然后又把幸运的遗体摆在上面，做成棺椁的模样。但无论怎么修饰，饲主看到幸运的死状估计都免不了要狂怒吧。

我抱着装有幸运遗体的盒子回到了丸山先生的医院。稻垣母女俩已经等在医院门口了。在她们身后站着的，是脸色苍白的丸山先生。

看上去他已经把幸运去世的消息告诉稻垣母女了。因为她们不但表情愤怒，还红着眼睛。

“幸运！给我看看啊！”

稻垣女士尖叫着，好像要扑上来打我一样。

我心里想的是，最好还是别给她们看了，所以递盒子的手有些迟疑。看到宠物惨死的模样，饲主可能会承受不住。但是，如果没有亲眼见到宠物的尸体，饲主恐怕也无法接受它已经死亡的事实吧。

这时，稻垣女士扑上来硬是把盒子从我手上夺走，打开了它。下一个瞬间，整个世界都回荡着稻垣母女的尖叫。虽然这条街道来往行人不多，但她们的叫声实在太大了，属于听到了会报警的那种程度。

“真的非常抱歉！”

丸山先生在马路正中猛地跪下来道歉。

“你下跪有个屁用！你把它复原啊！你不是医生吗？啊？！”

稻垣女士的母亲对丸山先生大吼大骂，稻垣女士本人则尖叫恸哭。丸山先生在柏油路上跪着用力磕着头——真是地狱一般的场景。

我实在是忍受不了了，恨不得当场逃跑，但就让这个场面维持下去的话，一定会遭路人侧目。于是我先劝说三个人回到医院里，再详谈之后的事。

最终，这件事又拉扯了很久才算结束。丸山先生似乎给稻垣女士支付了二百万日元的精神赔偿金，而且还在宠物用墓地里买了最高级的一块地，准备了最高级的墓碑。

其实，如果走法律流程的话，他不必做到这个地步。虽然饲主珍爱的宠物死亡了，但从法律角度来看，至多只适用器物损坏罪，丸山先生并非故意杀害幸运，完全没必要付给饲主如此高昂的赔偿金。很多清楚这些规则的宠物旅馆从业者和兽医们，打一开始就会否认自己有责任。即便明显是因为助理的工作失误，让宠物逃走并遭受了伤害，但他们仍旧不会承认失职；因为一旦道歉，就算输了。这种态度对于饲主来说肯定是相当不甘且悔恨的吧。最近网络帖子和博客里，也不时会看到一些弄丢了宠物的宠物旅馆和饲主互相中伤，互揭疮疤的现象。

但我了解丸山先生的为人，他性格真诚温柔，在他心里，恐怕从一开始就不存在“拒绝道歉”这个选项。不过，弄丢幸运的确是宠物医院的失误，而且看稻垣母女那副模样，或许赔钱了事是比较稳妥的选择吧。

话虽如此，对双方来说，这都是相当不幸的一场事故啊。

Case 15

奇怪的养猫人

那大概是十年前的一个案子吧，我记得收到委托时正值寒冬。

那桩委托略有些奇特。不，那甚至很难说是委托……总之，是一名女士打来了电话。

“我的猫没丢，但是……我有事想跟您商量……”

这名女性姓池田，听声音感觉是个二三十岁的年轻人。她的语气战战兢兢的，声音很小，似乎正为什么而感到困扰。

“我在公寓养猫，最近要搬家了。中介来看过房间之后说，猫咪把墙面地板都抓花了，要花一百三十万日元做清洁……”

“这也太贵了。”

我随口应和着，心想：她是遇到黑心房屋中介了吗？

“能请您帮帮忙吗？”

“哦……呃，帮忙是指？”

“我拿不出一百三十万，请您想想办法。”

“让我想办法……可是……”

我也很困惑。嗯……这、这算是我的工作吗？我的工作是寻找宠物，可不是消费者热线啊……

虽有些迷茫，但我思考了一会儿后说：

“您租房时付过押金了吗？房间的清洁费本来应该是从押金里扣除的，额外要你付那么多钱不太对劲啊，一般情况下，扣走清洁费之后都还有的找呢。您就这样和中介谈一下如何呢？”

“我也是这么想的，但是他们说屋子被抓得太厉害了，我付的押金不够……”

“您租住的房屋是可以养宠物的公寓吗？您不是违规饲养宠物吧？”

“嗯……不带宠物就付两个月的押金，养宠物就付三个月的。所以这部分押金我一开始就好好付过了。”

既然如此，那池田女士并没什么过错。我告诉她，可以和中介好好交涉一下，但她好像没办法对中介说出很强硬的话，并为此苦恼不已。再这么拉拉扯扯也不是办法，最后决定由我去介入，直接和中介那边聊聊。

我准备先实际确认一下房间的损毁情况，再去和中介谈判，于是请池田女士带我去了她家。当然了，一般家里养猫的话，或多或少都会抓坏壁纸或者地板，而且也会有些宠物的味道；但是，从常识去考虑，再怎么说也不可能花一百多万日元；所以，我以为只是稍微谈谈就能解决。

池田女士住在墨田区一栋十层高的单身公寓里。如今那儿因为有了晴空塔而变得热闹起来了，但在十年前的当时，那里还是一片宁静的住宅区。

那栋公寓在当年算比较新的，房龄看上去大概不到十年。从大门的自动锁和外观给人的印象来说，属于比较高级的单身公寓，应该比它旁边的那些公寓房租贵些。

我走向了位于三楼的池田女士家。

站在门前的瞬间，一股猫尿味就隔着大门飘进了我的鼻子里，我突然有种“房间可能要比预想的脏”的预感。

可是，当我真的走进房间，还是被眼前的景象惊呆了。站在玄关环视屋内，我险些惊呼出声。

真的，太可怕了。因为是单间公寓，我原以为她顶多只养了一两只猫咪，可事实根本不是那样。这小屋子里有大约三十只猫在自由活动着。而且，整个房间都非常脏乱，连下脚的地方都没有。我们常在电视或杂志上看到的那种“不会打扫的女性的房间”“脏污房间”“垃圾屋”，此刻就出现在我眼前。

当然，猫的排泄物也是散落得到处都是，估计她基本没打扫过吧。我简直无法想象她究竟能在这房间的什么位置生活。

我一时瞠目结舌，说不出话来。

我觉得，中介的要求并不过分……壁纸岂止是“有抓痕”？明明几乎全被抓秃了，仅残留着少量的碎片。就连底下的墙面，也几乎被猫抓得都快要透到隔壁了。地板被垃圾埋了起来，看不清楚本来的样子，恐怕和墙面状态差不多。最可怕的是，那股味道实在太刺鼻了。简单做清洁，根本去不掉排泄物的臭味。如此寒冷的时节，屋里就已经臭成这个样子，夏天一定无法想象。

屋子被弄成这个样子，要恢复原样的确得花一百三十万日元吧。迄今为止都没有近邻投诉过她吗？

“那个……这个，没问题的吧？”

如此开口问我的池田小姐听声音也就三十岁，从外貌看不出她究竟什么年纪。她的头发是用皮筋胡乱扎起来的，眼镜片上沾满指纹，脸上的皮肤也完全没有打理。身上穿着的深色外套上沾满了毛团、灰尘和一些垃圾屑。看样子，她是完全不管理仪容仪表的。再看这房间的惨状，我感觉她的心理健康状况大概也是有些问题的吧。

不，照这个情况，您必须按中介说的数付钱了——我正想这样告诉她，结果池田女士却突然说出一番令我震惊的话：

“我怀孕了，要结婚了，所以得搬走。我没有存款，接下来要花钱的地方还那么多……一百三十万，我付不起……”

我险些“啊？”出了声。

说实话，她看上去哪里像即将迎来生产和婚姻的幸福女性。无论是从不洁的外貌来看，还是从她浑身散发出的那种阴郁气质来看，我都无法想象她穿婚纱的模样。总觉得……马上就要结婚的女性，不是应该看上去更幸福些才对吗？

可是，如果她说的是真的，那我也不能不帮忙。

虽然我感觉没什么希望，但还是陪池田女士一道去了中介公司。我拉着负责人强调："那栋公寓本身就是允许养宠物的公寓……押金已经交得比一般情况多了，交了三个月的啊……随时间流逝的劣化以及自然摩擦产生的痕迹，是不该由租赁人承担责任的……那个房间的情况属于宠物生活在其中产生的自然磨损。”费了好大力气，总算成功说服了负责人。虽然，对方也全程一副苦不堪言的样子。

因为实在没办法把修缮金额控制在押金范围内，所以多多少少还是又补了一些钱。但最终仅多交了数万元就搞定了。虽然我也不知道我砍价砍掉的一百二十多万对方要怎么处理，但总归是成功了。

可是，我这也算是结结实实当了一把“志愿者”啊。

因为这次委托并不算是寻找宠物，所以按规定，我也没办法要求委托方付款。加上她为了结婚，已经连房屋修缮费都拿不出来，估计也没什么钱付给我吧。这回应该就是白忙活了。

从中介公司回去的路上，我突然想起什么，问池田女士：

“那些小猫您要怎么办呢？带去新家饲养吗？”

“不，我准备带去动物收容所。”

池田女士轻描淡写地回答道。我被她的回答震惊了，一时语塞。

带去动物收容所，也就意味着要“处理”掉它们。她竟然要把那些小猫都杀了吗？那可是一直陪伴她生活的三十条生命啊。

“欸，等等。这不行的吧。就算没办法继续养下去，至少也得给小猫找找领养，为它们做些什么……”

“呃，我做不到。”

“不，别这么说好吗？既然养了，请您对它们负责到最后……”

“可是，我做不到。”

我想尽办法试图说服池田女士，可她只会回答“做不到”完全不接我的话茬儿。我一肚子火气，费了好大劲才把“开什么玩笑！”的怒吼憋了回去。

“如果你除了送去收容所杀掉它们，别的一概不愿意做，那不如把它们直接放生吧。”

我其实有很多话想说，但最终全都忍住了，只说了这么一句就走了。

我很明白，直接放生猫咪的行为是不对的。那样做和遗弃宠物没有区别。如果被当成野猫抓住，最终结局也一样是被无害化处理。如果找不到吃的，在争抢地盘的时候打输了，也会死掉。可至少，哪怕那三十只猫咪中的一只被人捡走了，幸运地活下来也好啊……我一边在心中祈祷，一边心情阴郁地回家了。

这世界上的确存在罹患心理疾病，对宠物有依赖的人。这些人可能没有办法和他人正常沟通，所以才会把生活的意义寄托到宠物身上。根据我的经验，养猫的人出现这种情况的概率要比养狗的人高。尤其是那种一口气养了几十只，把整个家都变成猫窝的人，其中不少都有这类问题。

养狗的人社交能力一般会更强一些。可能是因为在带着狗狗散步的时候也要经常和周围人交流吧。但是养猫一般都仅限室内，不少养猫之人性格都比较内向。当然，凡事不可一概而论。

此前始终依赖动物的人一旦和他人产生了联系，就会立刻无动于衷地抛弃掉动物。这种情况很常见，比如，这个案子里的池田女士。

此外，还会有些人以爱护动物为理由，对他人充满攻击性且蛮不讲理。我平时也会去做志愿者，帮助一些宠物寻找领养，所以也见过这种类型的人。当然，做动物保护的志愿者当中也有非常多优秀的朋友。

不过，我并不知道池田女士家的小猫咪们最终怎样了。我只能祈祷它们能找到新家，健健康康地活下去。

第3章

难忘的案子

Case 16

叛逆的小野猫

那是几年前的一个春天，家住东京杉并区的坂井女士向我发出了一份搜索委托。坂井女士是一名不到六十岁的家庭主妇，因为孩子已经无须她照顾了，所以她就找了一份为小动物找领养的志愿者工作。工作内容主要是把即将被相关机构无害化处理掉的幼猫领回来暂养，同时寻找领养人，找到后把小猫送养出去。

“我昨天才刚把它送去领养人松本家，它可能是对新家有点陌生，所以很快就逃走了……”

逃跑的是一只六个月大的雄性黑猫。换算到人类的年纪，大概就是九岁左右吧。

我看了它的照片，第一眼就觉得“就是只野猫啊”。照片里的小黑猫眼神锐利，和天真可爱完全不沾边，感觉像是那种有点小狡猾的猫，泰然自若，又有些“面目可憎”。这反而令人对它产生了兴趣，真是只“可爱的讨厌鬼”。

这只小黑猫是流浪猫，被抓到了动物收容所，本来是要被无害化处理的。找到领养人前，它已经在坂井女士家生活了三个月。其实坂井女士也是半放弃的状态，觉得“这猫咪面相实在有些讨人厌，估计很难找到领养人吧……”。她给这只小猫起名“小黑”，并且做好了可能“砸在自己手里”的心理准备。

就在前一阵子，她好不容易给小黑找到了领养人。昨天把小黑送过去之后，坂井女士刚松了口气，结果没过两个小时，领养人那边就打来电话说小黑逃跑了。两家一商量，决定委托我来帮忙寻找。

毕竟养过三个月，朝夕相处产生了感情，坂井女士这边也相当担心小黑的安危。

听完坂井女士的讲述之后，我立即赶往失踪现场——小黑的领养人家。

领养小黑的是住在调布的松本一家。松本夫妇育有两个女儿，一个读小学，一个读初中，一家四口住在某居民区的一户独栋建筑里。这家人之前一直住的是禁止养宠物的租赁公寓，刚刚才搬家，总算能够圆了小姐妹念叨已久的养猫的心愿。

松本一家是在做动物保护的志愿者的介绍下认识坂井女士的。前些天他们专门拜访了坂井女士，去看了小黑的情况。两姐妹一见到小黑就爱上了这只猫咪。

"这只小猫咪丑萌丑萌的，好可爱！"

因为孩子们非常喜欢这只小猫，所以松本夫妇就当场决定要领养它了。

就这样，昨天，松本一家从坂井女士家领回了小黑。当时小黑是被装在猫包里的。一家人正在讨论要给小黑起个什么样的新名字时，它却神不知鬼不觉地溜掉了。接下来正准备要好好宠爱的猫咪竟然自己跑了，松本一家看上去也相当消沉。

小黑看上去实在太像野猫了，它恐怕不太可能跑回坂井女士家……我当时是这么想的。而且小黑还未做绝育，所以身上还残留着不少野性。

松本家到坂井家，直线距离有五六公里。如果换算成人类的话，相当于要走五六十公里的路。如果是体力不错的年轻猫，倒是也能跑这么远，但小黑毕竟还只是只幼猫。

就算它直奔坂井女士家跑回去，一路上还横挡着环状8号线，双向三车道，合计六车道。这条线路上的车流量相当大，猫想要从这条路上跑过去几乎不可能。所以我猜想它有可能会因为通过不了而在路边徘徊。或者，最坏的可能性：因为硬闯车道，结果被车轧了。

我询问了该区域的清扫公司，环状8号线附近这两天没有清扫到貌似小黑的猫咪尸体，听到这个回答，我不由得松了口气。看来，小黑应该还在某处活着。

我从松本家到坂井家一路张贴寻猫启事。此外，我还设想了小黑被环状8号线拦住无法通过的情况，于是在环状8号线沿途也贴了启事。

就这么找了两天，我仍旧没找到小黑。目击情报也是零。考虑到它也有可能没直接跑回坂井女士家，而是在哪里迷了路，所以最后一天，我在其他方向的道路沿途也张贴了启事。

基本搜索的三天时间已经结束，我没能找到小黑。这三天里，我张贴启事的范围可以说是相当广了，所以接下来我准备一边等待有人提供线索，一边观察情况。

就在小黑失踪一周的时候，坂井女士突然打电话给我：

“藤原先生！小黑回来了！”

据说，小黑被发现的时候，就在坂井女士的家门口附近打转。我大为震惊，忍不住问：

“它是自己回去的吗？！”

“恐怕是的……我真的吓了一跳。真没想到啊，它竟然自己从调布走回来了。”

坂井女士又吃惊又开心。小黑比走丢前消瘦了些，但很有食欲，也很精神。

没想到它真的自己跑回去了。

“它之前从来没对我撒过娇，这次走丢了一个星期，估计是有些害怕吧，还难得地对我撒了娇……”

坂井女士电话里的声音带着哭腔。

“看它这样子……虽然对松本一家很抱歉，但说真的，我有点舍不得撒手了……”

虽然嘴上这样说，但是坂井女士马上联系了松本家，准备归还小黑。

“把它留在身边，又要产生感情了……”坂井女士这样说道。

我想，把小黑还回去，她应该也很不舍吧。

像此次案件一样，原主人将宠物送到领养人手中，结果宠物逃跑了的情况，其实并不少见。我也不时地会收到类似的搜索委托，有时候双方还会因为“找宠物的钱谁来付”而争吵起来。虽然宠物是从领养人手里跑掉的，但因为才刚刚领养来，对它没什么感情，所以并不想在搜索上花费时间和金钱。而另一边，之前一直照顾这只宠物的原主人却对它更有感情，更希望能把它找回来，所以双方往往会互相推卸责任，好几次到最后都闹得我险些白干。幸运的是，这一次的案子是由坂井女士和松本家分摊了搜索费用，没人赖账。

那之后又过了大约一个月，我正巧有事路过松本家，于是顺便登门拜访，想看看小黑的近况。

小黑被送回去的最初那段时间里，松本一家担心它又逃跑，所以一直非常注意。为此还特意保留了坂井女士起的“小黑”这个名字。小黑一开始也是满心防备，但在松本一家人给它端来食物的过程中，它也慢慢明白了：“这是我的新家，他们是我的新饲主。”于是它满满解除了戒备，逐渐表现出了放松自得的姿态。

实际见到小黑之后，我发现它和照片上一样，是个眼神凌厉、一脸“不好惹”的猫咪。虽然长着一张人们常说的“丑萌脸”，但这特殊的长相能让松本家的两姐妹一眼就喜欢上，我也完全可以理解。

看到小黑已经完全适应了松本家，一副安稳模样，我也总算放下心来。看它现在的状态，应该不会再逃跑了。

可是，它真的是自己穿过了车水马龙的环状8号线吗？是因为赶上了车流量很小的时候，还是碰上堵车，顺着缝隙跑过去的呢？无论是哪种情况，都只能说它是运气绝佳吧。

而且，就算是绝育前的猫咪，一天的移动距离也就一千米左右。所以小黑应该是毫不犹豫地直奔坂井女士家跑回去的。如果是熟悉的地方也就罢了，在之前从未去过的地方跑出来，能直接找到家的方向，我打心底里觉得小黑是只拥有十足野性和第六感的猫咪。换作是人，就算是成年人，也不一定有这样的能耐。

自己跋涉五公里直接回家，小黑真是只了不起的小猫。

Case 17

不接电话的委托人

这桩案子的委托人，给我留下了相当深刻的印象，她是一个年轻貌美的女孩。

当然，年轻貌美的委托人，我还见过很多。关键是，这个案子的结局实在令人久久不能释怀。

那是大约五年前了。

“这个星期我一直在找，但是怎么都找不到我家的小狗桃子……”委托人美嘉一脸倦容地说，她大概二十出头。

第一次见到她时，我内心不由得惊呼：“这个女孩究竟是何方神圣？”她身上仿佛闪耀着独一无二的光环，极富存在感。她略微有些娃娃脸，好似偶像一般，清纯可爱，所以我以为她是艺人或者是模特。不过，她的身形看上去又相当矫健。

后来和她家人聊过我才知道，美嘉其实是专长某项球类运动的运动员，而且名扬海外。原来是运动员啊，怪不得她的体格看上去那么结实有力。

虽然美嘉因为担心桃子的去向而略显疲态，但我从她身上还是明显能够感受到一种强大的生命力，那种生命力就好似一圈耀眼的光环笼罩着她。

桃子是一只灰色的雌性迷你雪纳瑞。就是当年在电视剧《高护木的规矩》里出场后为人熟知的一种狗狗。它是美嘉的二十岁生日礼物，是家人为了庆祝她的成人礼买来送给她的。是美嘉给狗狗起的名字。桃子丢失时大约一岁半，已经是成年犬了，但听说它性格顽皮好动，更接近幼犬。

美嘉住在川崎市郊外的独栋建筑内，和父母还有姐姐四口人一起生活。当时她家里人都去工作了，没人在家。一家人都很爱桃子，不过遛狗和喂食的工作主要还是由美嘉来做。

桃子大概是在一周前失踪的。当时美嘉领它在外面散步，不小心手滑没抓住狗绳，又正巧有大卡车在一旁开过，轰鸣的引擎声吓到了桃子，于是它当场跑掉了。桃子丢失的位置离美嘉家并不算远。

美嘉沿着遛狗常走的路线找过，也去过动物收容所和警察局。这个星期的大部分时间都用来寻找桃子了，为了找桃子，她每天要走很多路。

我接下案子，马上做好了印有桃子照片的启事，沿它逃跑的路线一路张贴。第二天一早，就有人看到启事联系了我。

“这只狗狗现在在我家。”

也就是说，我很快就找到了桃子。

联系我的是一个姓有川的主妇，听声音大约四十岁。有川女士说，她家也养了一只迷你雪纳瑞。

一周前，和有川女士住同一栋公寓的邻居捡到了走失的桃子，于是带着狗狗跑来问她：“这是不是您家的狗狗啊?”因为自己家也养着雪纳瑞，所以有川女士觉得不能坐视不管，就准备在找到主人之前先照顾桃子。那天早上她牵着两只雪纳瑞出门散步的时候，正看到了前一天我张贴出来的启事，于是急忙联系了我。

我询问了一下有川女士家的地址，又查看了一下地图。有川家和美嘉家之间距离大约八百米。有川女士当时也去最近的警察局提交了寻找狗主人的申请，但她和美嘉的家碰巧不在同一个区，不同辖区间的信息无法共享。

从我家到川崎市的距离较远，所以请美嘉直接去有川家接回狗狗应该更快些。想到这儿，我立刻联系了美嘉。可是她的手机却无人接听。想着她看到通话记录可能会再和我联系，于是我给她留了言，但是过了三十分钟，又过了一个小时，她始终没有回复我。

一般情况下，正在寻找宠物的委托人都会马上和我联系的，可是那天我左等右等，最终也没等到美嘉的回电。

之后我每隔两小时就会给她打一次电话，但始终无人接听。我有些后悔，要是问一下她家里的座机号码就好了……但如今后悔也无济于事了。

最终，美嘉手机回电的时间，是那一天的傍晚。我一肚子疑惑："究竟发生什么了？"接起电话，但电话那边却不是美嘉，而是她的母亲。

她母亲声音低沉地开口道：

“其实，我女儿她……昨天晚上去世了。”

“欸？”

我简直不敢相信自己的耳朵。

我和她昨天白天才刚见过面啊？究竟发生什么了？

“她出了意外……可能是因为这一个星期一直在找桃子，都没怎么睡觉，太累了吧。昨天她去委托您寻找桃子，可能心稍微放宽一些了，绷得太紧的弦就一下子断了……”

美嘉的母亲一边哭着，一边这样告诉我。

从这位母亲带着呜咽的悲痛语气之中听得出，她绝不是在开玩笑。我当场愣住了。回忆起美嘉昨天的样子，虽然多少有些疲态，但怎么看都不像是会猝然离世的样子。她看上去远比一般人更健康有活力。

我内心迟疑着“现在大概不是能谈宠物的时候”，但还是把找到桃子的事情告诉了美嘉的母亲。

“谢谢您，桃子被找到实在太好了。可是……说实话，我们家现在除了美嘉的事，真的没有余力再顾及其他……再加上，现在这个情况，我们只要看到桃子就会非常难受……因为那孩子是最喜欢桃子的啊……”

美嘉的母亲一边哭着，一边如此说道。

我很理解。女儿突然亡故，全家人都遭受了极大的打击。此时我突然想到，能不能请有川女士暂时先照顾桃子，等到美嘉一家人的情绪稳定一些之后，再归还回去呢?

和美嘉的母亲通过电话后，我立刻给有川女士打了电话，并在电话中说明了整件事的来龙去脉。电话那头的她听说饲主突然亡故，也吓了一跳。

“既然如此，那桃子就先由我来照顾吧。”

她十分爽快地答应了我的请求。

“说实话，我照顾了它一星期，也对它产生感情了。所以我本来想的是，如果真的找不到饲主，我就两只一起养了。它和我家的狗狗相处得也不错呢。对了，请问这只狗狗叫什么名字?桃子?叫桃子呀，我知道了，您放心吧，我会好好照顾它的。”

看样子，桃子被有川女士照顾得非常好。从电话之中也听得出，有川女士是一个很温柔的饲主，我也就放心地将桃子托付给了她。

第二天我去参加了美嘉的守夜仪式。遗照上的美嘉看上去非常开朗，表情比我们见面时还要活泼生动。我看着她的遗照，还是不敢相信她已经去世了。和她同年龄的大批朋友都来为她守灵，会场处处传来抽泣声。参加年轻人的葬礼，实在太让人难过了。

守夜仪式暂告一段落后，我去和美嘉的家人聊了一下。并且把有川女士正精心照顾着桃子，完全无须担心它，以及有川女士想过就这么收养桃子，都告诉了美嘉的家人。

“考虑到眼下的状况，我想诸位可能还没有余力去思考桃子的事情，等您家里状况稳定一些后再联系我吧。”

说罢，我便离开了守夜的会场。

又过了一星期，美嘉的母亲打来了电话。她的声音听上去比美嘉刚去世时冷静一些了，但是稍微多说几句又立刻有了哭腔。我知道，她的悲伤还远没有痊愈。

“我们一家商量了很久……我们的想法是，如果那位有川女士愿意的话，希望她能收养桃子。对于桃子来说，与其住在没有美嘉的房子里，不如在有川女士那里，才更幸福吧。”

美嘉的母亲如此说道。就这样，桃子最终由有川女士收养，我联系她提出这一请求时，她也是毫不犹豫地就答应了。

宠物在走失过程中死亡，找到时已经变成一具尸体的情况其实并不少见，可是委托人在此期间死亡的情况，我只遇到过这么一次。

桃子可以在新家继续过着幸福的生活，实在太好了。不过，它永远都不会知道，那个始终深爱它的美嘉已经死了；或许不知道才更幸福吧。可是，一想到美嘉离世前的牵挂，我又忍不住心痛……

Case 18 生命的重量

这件案子的委托人给我留下的印象，和上一件案子的美嘉正相反。

委托人是居住于神奈川县藤泽市的长谷川女士，看上去应该不到三十岁，但不知道实际年龄是多大。她是坐着轮椅来的，脸色看上去特别差，甚至可以说是接近乌紫色。可能是生病导致了她皮肤糟糕的状态，她的实际年龄说不定要比看上去小。

一眼就看得出，长谷川女士的健康状况堪忧。

“请您找到贝尔……求求您了……”

她坐在轮椅上，对着我深深鞠了一躬。随后她便靠在轮椅靠背上，长舒了一口气。光是说话就会为她的身体带来如此重的负担吗？长谷川女士不时用力调整着呼吸，缓缓开始对我讲述。

她丢失的猫咪贝尔，是一只五岁的母猫。照片中的它有一身柔软的长毛，还长了一双圆溜溜的可爱眼睛，气质冷静，是挪威森林猫。据长谷川女士所说，贝尔性格沉稳，没什么好奇心，而且胆子很小。

它是三天前失踪的。当时，长谷川女士坐姐姐的车去镰仓，拜访姐姐婚后的新家。在此之前，贝尔一直待在长谷川女士家里，从来没出过门。它恐怕是对新环境感到陌生和困惑吧，于是就在长谷川女士和姐姐聊天的当口，它开始在房间里不安地走来走去，忽然间，她们眼见它顺着窗户缝隙溜了出去。长谷川女士的姐姐慌忙在自家周围寻找贝尔，可最终还是没找到它。

讲完以上这些内容，对长谷川女士来说似乎是个很大的考验。一般人要讲清楚这些情况，肯定要不了半小时，可长谷川女士只能很慢很慢地说话，所以花了一个半小时还多。说完话，感觉她身体的承受能力已经到了极限。

“长谷川女士，您是哪里不舒服？”

听我这样问，长谷川女士点点头，又猛吸一口气回答：

“是免疫系统的问题……”她的声音带着些许无奈，“虽然可以吃药控制病程，但是……还是会一点点恶化……”

虽然不知道这种病具体叫什么名字，但据长谷川女士的说法，这是一种原因不明的疑难病，发病原因是自身的免疫细胞误将我们的脏器和身体组织当成了敌人，于是持续进行攻击和破坏……

看她光是说话就已经费尽力气的模样，病情恐怕已经相当严重了。

“如果我身体健康，那肯定会自己花时间去找的……可是，我现在这副样子，根本没法靠自己去找贝尔。”

说到这儿，长谷川女士用尽全身力气，从倚靠着的轮椅上坐起身，请求道：

“无论如何，我都想再见贝尔一面……我现在的这个身体情况，说不上哪天就……如果这次找不到贝尔，那我可能永远没机会了……”

委托人的这番话犹如千斤重担，令我备感压力。

倘若真的找不到猫，委托人甚至可能因为过度悲伤而撒手人寰……想到这儿，我顿时感到责任重大。

我当即赶往长谷川女士的姐姐冈本女士家。

冈本女士的家距离镰仓市中心有一段距离，是一幢有着宽敞庭院的旧房子。冈本夫妻结婚时购买了这座旧屋，两人准备先住进来再一点点修补重建。宅子是日式风格，还修了廊檐，很有镰仓风情。虽然建造年代距今比较久远，但是处处是精心打理的痕迹，非常漂亮。

因为院子还没来得及好好修整，所以郁郁葱葱地生着不少草木。院子里虽然围了一圈树篱，但到处都有缝隙，小猫轻轻松松就能从中逃脱。不过，考虑到贝尔的性格，我猜测它应该还躲在院子里。它不适应外面，又比较胆小，应该不会走太远，现在它肯定找了个安全的地方躲起来了。

我地毯式搜索了整个院子，查看了草丛下面。在搜索期间，我凭直觉注意到了一个有可能躲着猫的地方——院子角落的储物间下面。

那是一个随处可见的家庭用储物间，里面大概能放进去两辆自行车吧。它下面有个混凝土砖头垒的基台，那个空隙的高度正巧够一只猫咪钻入。

透过缝隙去看，里面一片漆黑，看不见有猫。不过当我把视线放到入口处时，我发现混凝土砖头的一角上好像挂着团猫毛一样的东西。我用透明胶带小心翼翼地取到了那团东西。

事前，我考虑到了这个情况，已经用透明胶带从长谷川女士衣服上取了一些附着在上面的贝尔的毛发，现在用放大镜一对比，发现两份样本非常相似。贝尔是一只长毛的挪威森林猫，毛质和一般的日本家猫还是很不一样的，所以我的判断应该没错。

于是，我急忙在储物间下面摆放了一个诱捕笼。我之前听长谷川女士说贝尔很能吃，尤其爱吃芝士。于是我就要来了一些贝尔平时很爱吃的猫用芝士，摆在了诱捕笼里。

没过几分钟，就看到一只挪威森林猫被诱捕笼逮了个正着，一定是贝尔了。因为整整三天都不吃不喝地躲着，所以一闻到芝士的味道它就立刻出来了。

来到冈本女士家还没有两个小时就找到了贝尔，我大松了一口气。因为长谷川女士的病情，这次我真感觉肩上有千斤重担，也可能正是这种压力提升了我的第六感吧。总而言之，我立刻打电话给长谷川女士报告了喜讯，然后带着贝尔奔向位于藤泽市的她的家。

坐在轮椅上的长谷川女士从我手中接过贝尔，无比珍爱地用力抱住它，紧紧闭上了眼。很长一段时间，她就那么抱着贝尔，一动也不动。随后，她总算睁开眼，抱着贝尔对我深深鞠了一躬。

“太感谢您了。真的……您的恩情，我永生难忘……”

长谷川女士的声音低沉而微弱，仿佛话一说出口就会飘散无踪。可她的那句话却深深留在了我的脑海中。做我这一行的，在工作中其实听无数宠物主人说过这句话，但没有任何一次像这次一样，在我的内心激起如此沉重的回响。

长谷川女士罹患重病，或许时日无多。此时此刻，不知她是否还和她的贝尔平安地生活在一起。不过，如果能助她和最爱的宝贝一起度过一段珍贵的时光，我的工作也算是很有意义的吧——这就是我办成这桩案子后的感想。

Case 19 满月之夜的“狼”

荒川区的伊藤女士发出委托，在电话里请求我帮她找狗。到这一步为止，一切还算正常，但接下来的情况就比较少见了。

“请问您家的狗狗是什么品种的？”

“狼犬……”

听对方这样讲，我不由得心想“狠角色啊”。狼犬，指的是狼和犬的混血犬，一般由哈士奇、牧羊犬与狼杂交得来。在一般人眼中，狼犬看上去和狼毫无区别，体重也近似，大概六十公斤，几乎和一个人类差不多重了。

而且，把这种狗当宠物养难度很高，它实在是太与众不同了。因为狼犬有狼的血统，所以体能极强，除非是接受过专业训练的人，比如驯犬师和繁育师，一般人很难控制它。就算在爱犬人士之中，也只有狂热分子才会饲养它。

虽然乍一看完全就是狼，给人一种凶恶又可怕的感觉，但大部分狼犬戒心很重，胆子很小。因为这种狗基本不会叫，所以甚至连看家护院都做不到。再加上从小就要接受严格的训练，绝不能咬到人，所以从本质上讲，它们并没外貌看上去那么可怕。

我接下案子后立刻赶往伊藤女士家。因为是饲养狼犬的家庭，所以我本以为她家会是有大院子的独栋建筑，但到了才发现，伊藤女士家就住在十分普通的公寓里，而且从公寓外观上判断，她家似乎是个不太宽敞的单间。

这么小的屋子，要怎么养那种大型狼犬呢？我一边琢磨着，一边敲响了伊藤女士家的房门。开门迎接我的伊藤女士看上去很年轻，只有二十来岁，而且身高只有一米五，是个非常娇小瘦弱的女性。这样的体格要如何饲养狼犬呢？我有些吃惊。她家的狗个头应该比主人都大了……如果她没有接受过严格训练，估计带出去散步都拉不住吧。

走进房间，我被眼前的景象震惊了。

这个连八张榻榻米大小都不到的单间里，竟然生活着两只狼犬和三十只猫。也就是说，加上走丢的那只，伊藤女士竟然养了三只狼犬，同时还养着超多的猫咪。

墙边摆了三个巨大的狗笼子，还满满当当摆了很多小小的猫笼子。看上去好像高层公寓一样，密密麻麻，整整齐齐。两只狼犬都在笼内，看上去非常老实。猫咪们都在笼外自由活动着。几乎看不到任何人用的家具，从某种意义上讲，这个房间真的毫无生活气息。伊藤女士本人难道也在这儿生活吗？

房间里没有让人坐下的空间，到处都是走来走去的猫咪，我和伊藤女士站着聊起了狗狗失踪时的情况。丢失的狗狗是一只不满一岁，尚年幼的公狗，名叫拉尔夫。伊藤女士遛狗时手滑没抓住狗绳，于是拉尔夫趁机溜走。

我看了一下拉尔夫的照片，它长着一张十分精悍的脸，看上去像是只有哈士奇血统的狼犬。仔细观察还能找到些稚气未脱的感觉，但乍一看完全就是一匹狼。如果它就那么在普通的居民区晃悠，怕狗的人近距离看到它的话，估计会被吓得尖叫起来吧。

狼犬对运动的需求很大，原本不该是养在公寓里的犬种。不过，伊藤女士会在每天天亮前和太阳下山之后，行人比较稀少时段领着三只狗出门散步。光是牵着散步还不够，还需要骑着自行车带着狗狗并排跑起来才行。而且她没办法同时遛三只狗，每次都是一只一只地领出去遛，相当耗费时间。看来伊藤女士真的非常沉迷这种犬。

我立即开始制作启事，沿着拉尔夫逃跑的方向一路张贴。这种狗大概率不会被谁捡回去养起来，所以我更寄希望于收到目击信息。如果狼犬有很强的狼的基因，那它就有可能是夜行性的，只会在夜间出没。不过，只要有人在大街上见过它，就肯定会有印象。

拉尔夫丢失后，伊藤女士马上就联系了我。不过考虑到狼犬的体能，它可能已经跑了很远，所以我张贴启事的范围也扩得更广了些。光做这一件事我就花了好几天的时间，然而却一点儿情报都没有捞到，看样子拉尔夫的确对人类的警惕性很强，只选择了在夜间活动。

接下来，我又花了几天去和住在河滩附近的流浪汉打听情况。问过几个人之后，我发现流浪汉之间貌似流传着某个都市传说，说是“满月之夜看到了狼”“看到狼对着月亮长嚎”。但实际上却没人真的亲眼见到这些，所以大家都只当那是个有趣的故事，是瞎编的。可当我真的掏出拉尔夫的照片给他们看的时候，大家都愣住了。

我又继续追问这个传言的出处，最终找到了那个亲眼见到“狼”的流浪汉。

“哎哟，根本没人相信我说的话。我都开始怀疑自己是不是当时做梦了。但是我真的看见了！”流浪汉说着笑了起来。

听他讲，自己是在几天前看到了那只长得很像拉尔夫的狗，当时是晚上，拉尔夫正沿着河下游的方向走着。

我按拉尔夫的路线，沿着河下游的方向一路询问流浪汉们，目击证言逐渐清晰起来，最后一次见到它的时间也越来越新。多亏它跑丢的路线上有很多流浪汉，真是万幸。

“今天早上我看到它向着公园那边走过去了。”

我从某个流浪汉那儿得到了最新的情报，于是赶向他所说的公园。这公园人很少，也比较宽敞。我正准备在这周围再找人问问，结果一下子发现了一只在公园角落躲着的大狗。是拉尔夫。找了一个星期，它终于现身了。

千万不能在这儿放跑它。想到这儿，我将距离拉近到只有三米左右，随后站定寻找机会。拉尔夫似乎也注意到了我，露出惊愕的表情。

一般情况下，要接触第一次见面的狗狗，应该先把手伸到对方鼻子下，让它闻闻自己的气味，向它表示自己并无敌意，然后再观察它的表情，如果觉得可以，再去触碰它的身体。但眼下这种情况，我实在没有做那些的余力。

万一放跑它可就糟了——想到这儿，我伸手准备去抓它的项圈。可就在我向前迈出一步的那一瞬间——

拉尔夫在完全没有助跑的情况下，直接蹬地起飞，高高跃起。

那巨大的身体轻而易举地越过我的头顶。一切好似慢动作一般，我一仰头就看到了拉尔夫雪白的肚皮，不由得在心底惊呼“好帅”。

拉尔夫越过我的头顶，在我背后着陆。它看上去似乎受到了惊吓，可能是因为意识到我要去抓它吧。此时，它一边咧着嘴，淌着口水，一边疯了一般开始奔跑。

这下子我也没办法了。我马上联系了伊藤女士，把发现拉尔夫的公园位置告诉了她，请她马上来一趟。很快，伊藤女士就牵着另两只狼犬出现了。

她将另两只狼犬松开，发出尖锐的指令声。那两只狼犬迅速行动起来，夹击不断逃跑的拉尔夫，阻挡它的去路。两只狼犬都很训练有素，我简直看入了迷。

见到了“亲人”，拉尔夫似乎恢复了理智。它的表情从一开始的惊恐逐渐变得平静，不再左冲右突，而是开始和另两只狼犬玩耍了起来，伊藤女士趁机用狗绳系住了拉尔夫，总算顺利把它领回去了。

据伊藤女士说，那两只狼犬是养了很久的成年犬，就算松开了狗绳也非常听话，但是拉尔夫年纪还小，比较调皮，还没办法做到主人一喊就回来。不过，伊藤女士身材如此娇小，却驯养得了这种野性十足的犬种，真的太厉害了。

就这样，这只在河滩边的流浪汉之间口口相传的“野狼”，总算平安顺利地回家了。

说到狼犬，我又想起了另一桩咨询。

那人是领着自家的狼犬去千叶山中玩耍，结果把狗狗搞丢了。和能够收集到目击证言的街区不同，那只狼犬是在山里走失的，很难找回来。所以那桩案子也仅限于咨询，对方最终并未委托我出马寻找。

如果是由专业的繁育师所管理的狼犬，那大多会和拉尔夫一样，胆子比较小。但如果从这一代起开始和杂种犬交配繁殖，那后代的野性会逐渐加强，性格也会越来越野蛮。想到它们那离谱的体能，如果在大山里繁衍后代，不断野化……我禁不住有些担忧。

Case 20

猫和狗的友谊

说件不可思议的事吧。有些人会对生病的生物特别敏感，很容易发现它们，并且把它们领回家照顾。我想，我恐怕就是这类人吧。是我的体质比较容易吸引到它们？还是我在这方面第六感比较灵？其中缘由我也不太清楚。总之呢，我走在外面的时候，很容易遇到受伤的动物；一旦发现了又不能置之不理，所以每次都会捡回去照顾。

其实，不单是人类有这种能力，有些狗狗也一样。它们拥有特殊的感知力，特别容易发现一些体弱的幼猫或幼犬。这类狗狗的心思大多非常细腻。

住在琦玉市的主妇佐佐木女士家养的狗狗，就属于这一种。

它是一只十岁的雄性混血犬，毛发是米色的，名字叫阿陆。看外形，应该是混有拉布拉多的血统。

阿陆的眼神非常温柔，看上去既沉稳又娴静，是只乖巧的狗狗。

据佐佐木女士所说，阿陆之前已经捡过好几次幼猫了。领它散步的时候，如果它硬是拉着主人向自己平时不去的地方走，可能就是发现了受伤的小猫。如果它在平时从不在意的树丛草丛边嗅来嗅去，那底下往往就有被丢弃的小猫。每次阿陆找到这些猫咪，佐佐木女士都会把它们收养起来，给猫咪找领养人，再把它们送走。

那是在半年前，阿陆又找到了小猫。是一只白色小母猫，当时好像刚出生没多久，眼睛都还没有睁开，身体很小，看上去非常虚弱。佐佐木女士觉得不能扔下它不管，于是一点点用宠物喝的奶粉喂养它，连续好几天不眠不休地照顾，费了好大的力气才养活了它。

如此辛苦养大了小猫，一定是产生了感情吧。这一次佐佐木女士没有把猫咪送走，而是把它留在了自己家里，按照它的毛色，取名小白。刚被找到时，小白十分羸弱，但随着一日日健康成长，它逐渐变成了活泼的“假小子”。

据佐佐木女士讲，阿陆也相当溺爱小白。即便一起玩耍时可能被小白抓伤，或者被小白又踩又踢，可阿陆怎么都不生小白的气。寒冷的冬天，一狗一猫经常依偎在一起睡觉，那模样好似亲人一般。

有一天，小白突然失踪了。于是佐佐木女士便来委托我帮忙寻找。她从未让小白出过家门，在家里人丝毫没有察觉的情况下，小白就不见了。

窗户和门都是关着的，那天也并没有客人来访。所以它可能是趁有人扔垃圾或者出门买东西的时候溜走的。

“都是我的错……我大意了，结果害小白跑丢……搞得阿陆也非常萎靡……”

佐佐木女士看上去心烦意乱，一个劲儿地自责着。

我当即开始搜索起来，以佐佐木女士家为中心点，大范围张贴搜索启事，并且在周边非常细致地寻找，但都没有找到小白。很快，初步搜查的前三天就这么过去了。

我前往佐佐木女士家，询问她是否愿意让我继续搜查。佐佐木女士表示，希望能继续搜查，直到找回小白。她还说：

“自从小白不见了，阿陆就一口饭都没吃过……”

只见阿陆在地上趴着，一动也不动。它虽然生性沉稳乖巧，但和初见时相比明显更没精神了。整整三天“茶饭不思”，它似乎瘦了一圈。

“万一……小白一直不回来，阿陆会病倒的……”

说到这儿，佐佐木女士忍不住眼眶湿润。

在阿陆看来，这可不仅仅是关系亲密的小白走失了，主人极度心神不宁，也给它造成了很大影响。之前那些猫咪送养的时候，它明明不会这样的。所以，比起“小白丢了”这件事，它的萎靡更多是来自对“主人的状态好奇怪”，“是不是发生什么不好的事了”等方面的担忧。狗狗对主人的脸色和情感变化非常敏感，它们对人类情感的解读能力恐怕要比我们以为的强得多。心思单纯的小狗尚且如此，性情敏感的阿陆就更不必说了。

不管怎么说，眼下我必须早点找到小白，让佐佐木女士放下心来，否则阿陆会一直不吃饭。在之前的工作中，我时常会从饲主那儿感受到“快点找到它”的压力，没想到这次是饲主家的狗狗给我带来了这种压力……

我继续搜索着，可是相关信息却很难收集到。阿陆已经三天没吃饭了，等它饿到极限说不定就会吃饭了。我这样想着，每当路过佐佐木女士家就去看看阿陆的情况。可是，阿陆始终不愿进食，它不单不吃狗粮，就连往常它最爱的鱼肉和肝脏也毫无兴趣。

阿陆十岁了，按狗狗的寿命来看，已经算是高龄了。和年轻有体力的小狗不同，一旦不吃不喝，它的体力会断崖式下降，甚至可能因此送命。再这么下去，比起小白，我更担心阿陆的身体……

就这样内心焦灼地坚持搜索了一个星期，总算有情报到手。

“现在我家院子里有一只猫，很像你们在找的那一只。”一名主妇打来电话。

询问对方住址后我在地图上确认了位置，发现这名主妇就住在离佐佐木家不到一百米的位置。我急忙赶往现场。在院内停放着的一辆车顶上，一只白猫正蜷着身子晒太阳。没错，正是小白。

经这家人允许，我进入院中，顺利抓住了蜷在车上的小白。小白也完全没表现出想跑的意思，可能我手里的芝士条吸引了它吧。小白撒着娇轻轻叫着，就那么走到了我身边。

虽然已经跑出家门在外面流浪一个星期了，但小白看上去很有精神。不仅没有因流落在外而消瘦，甚至看上去比照片上还要胖一些。它似乎本就是很亲人的那种小猫，所以估计有邻居喂养吧，可能是碰巧赶上它从别人家出来，才被我们逮了个正着。

不管怎么说，能顺利找到它，我还是大大地松了口气。而且，比起佐佐木女士，最先出现在我脑海之中的，是阿陆的脸。

与其打电话，不如直接跑去饲主家更快些。我带着小白立马赶回佐佐木女士家，大门推开的瞬间，佐佐木女士就发出了惊喜的欢呼。她急忙请我进门，我带着小白直奔瘫在地上的阿陆而去。

“阿陆！快看！小白回来了！”

听到佐佐木女士欢喜的声音，看上去已经体力尽失的阿陆突然弹起一般站起了身。看到小白，阿陆顿时露出笑容，奋力摇起了尾巴。佐佐木女士一边哭着，一边反复抱抱小白，又抱抱阿陆，随后匆忙跑去给它们准备食物去了。

和激动万分的佐佐木女士还有阿陆相比，小白显得十分冷静，好像在说："我只是出去玩一圈，干吗大惊小怪的。" 因为它在外面也有人喂，所以这一个星期对于它来说并不算艰苦。

佐佐木女士端来狗粮，阿陆一开始还是一边观察一边小口地吃着，很快，细嚼慢咽就变成了狼吞虎咽。看来它的食欲也完全恢复了。一颗悬着的心总算放下，我可以回去了。

不过，阿陆可真是只心思细腻的狗狗啊，经常会捡小猫回家，小白丢了它就茶饭不思，太不可思议了。它要比一般人，不，要比一般狗的感受性都丰富得多。

真希望以后小白不再离家出走，别再让上了岁数的阿陆操心了。

Case 21

痛失爱宠

宠物被找到时已经成了一具尸体的情况，也不在少数。

有时，我也会收到帮忙寻找宠物鸟的委托，比如葵花鹦鹉和虎皮鹦鹉等。鸟类大多是飞离饲主家的，所以寻找成功率要比其他宠物低得多。如果是小猫小狗，成功率基本接近八成，可找回鸟类的成功率顶多三成；而且最终发现时已经是遗体的情况比较多见。

我在接到鸟类相关的委托电话时也会第一时间告诉饲主:“找不到的可能性很大。”如果是做事比较糊弄的侦探，大多有案子就接，要到定金之后再随便找找，然后给饲主一个“没找到”的答复就算完事儿。但我会先把找到概率很低的事实告诉饲主，如果他们了解了情况，依然坚持要我帮忙寻找，我才会接下委托。

很多一直在室内饲养的鸟儿飞行动作不自然，因为动作醒目，所以会成为乌鸦等动物的狙击目标。而且它们大多没有长途飞行的体力，飞不了多远就会落到地上，被猫狗盯上。有些宠物鸟被找到时已经变成了无头的尸体，又或者只剩下了一条腿，身体不知所终。

就算只找到一条腿，饲主也能辨认出自家的宠物。平时鸟儿会站在主人的肩膀和手上，主人还会给它们剪爪子，所以饲主是能通过腿的形状和质感判断其身份的。

不单是鸟类，寻找猫狗时，如果发现附近某处异样地聚集了一群乌鸦，那一定要去确认一下情况，在乌鸦聚集的地方大多都会有动物的尸体。在山中或者乡村的田间地头寻找宠物时，也尤其需要循着乌鸦的踪迹发现尸体。乌鸦真的非常迅敏，是一种很擅长发现尸体的生物。

在城市里，常出现丢失猫狗被车辆撞死的情况。这些宠物被发现时的状态大多令人心痛，死状凄惨，不少都是内脏脑浆四溅，眼球飞出……

还记得我在前面谈到过的那个兽医和饲主之间的纠纷案吗？尤其是小型猫狗，被车子撞倒之后会被轧扁在沥青路上，紧贴路面。回收遗体时，就得一点点把它们从地上剥下来。

体形较大的拉布拉多，被车撞了的话也非常棘手，因为尸体比较大，会流出大量血液，内脏也会被挤压出来。可是就那么放置不管，尸体又会被别的车辆反复轧压；所以必须迅速回收，根本没时间准备塑料袋或者手套。

我曾迅速将一只三十多公斤的拉布拉多沾满血的尸体扛在肩上，还将它被挤出体外的脏器徒手聚拢起来，抱在怀里。就这副样子徒步走到了两公里外的饲主家。当然，我身上穿的T恤沾满了血污，那副模样看上去极度可疑，幸好没人报警。

我担心饲主看到狗狗的遗体会大受打击，不过它的主人，一名六十来岁的女士，她是个性格坚毅的主妇，此前就已经做好了心理准备。

“真的非常感谢您……为它做到了这个地

步……”

当时她这么说着，对我深深地鞠了一躬。

有时候，还会有饲主不幸亲眼看到宠物被车撞身亡的现场。

那是家住中野区的小林一家，关于他们家走丢的柯基，就有过这么一段悲伤的往事。他们家附近就是环状7号线，平时小林家都是带小狗约翰走过街天桥去对面的公园散步。当时约翰就是在公园逃跑后不知去向的。

柯基是产自英国的一种中型犬，在日本颇有人气，作为宠物很受欢迎。它们腿脚短粗，走起来笨笨的，煞是可爱。

父亲小林先生是公司职员，有一个读高中的女儿。就在父女俩带着我从家前往失踪现场勘查的途中，正要在7号线上过马路的时候，我们突然听到一声短促的惨叫。“不会吧！”我心里顿时一沉。那是约翰的叫声。它恐怕是正想跑回家，准备横跨7号线，结果被车子撞到，就倒在了三十米开外的车道上。撞倒它的车子可能没有察觉自己撞到了狗，已经径直开远了。紧随其后的车辆也没有绕开它，直接轧着它的后肢开了过去。

小林先生的女儿看到眼前这一幕不由得发出悲鸣，凄厉的尖叫声回荡在四周。

“我会把约翰带回去的，请您先带女儿回家！”

我急忙对小林先生这样喊道，同时向约翰奔去。我跑上公路，拦停了开过来的车辆，开始快速收集起约翰的尸体。这样做恐怕造成了一定的交通拥堵，但眼下也管不了那么多了。如果不迅速回收尸体，按这个车流量，它的尸体转瞬就会被轧成肉泥。

当时摆在我眼前的，已经是“曾经是约翰的一堆东西”。它半个身子损毁严重，内脏散落在马路上还冒着热气。似乎在强调，就在不久前约翰还是鲜活的生命。一想到小林先生那就读高中的女儿看到了如此惨烈的一幕，我就十分难过。

清理约翰尸体的时候，依然能远远地听到小林家的女儿发疯一般的尖叫声。小林先生努力控制着发疯似的尖叫挣扎的女儿，把她带回了家。我知道来往行人一定会纷纷驻足去看究竟发生了什么，但眼下不是在意这些的时候。

我尽最大努力把约翰的尸体收集起来，抱在怀里沿人行道向小林先生家走去。但是，一想起他女儿刚才的模样，我又觉得不能就这样抱着约翰返回小林家。

我就近找到了一家便利店，向走出店外的店长说明了始末，请他帮我找了一个空盒子。一开始店长见我浑身是血，吓了一跳。但听我说完后，他顿时对死去的狗狗产生同情，找来了一个干净的空盒子，还特意拿了一条毛巾铺在了盒底。

我尽量把约翰的身体摆放得整齐体面，抱着这个盒子返回了小林家。

小林家的女儿仍在大声哭泣着。约翰是为了庆祝她读小学买来的狗狗，小林家的女儿是独生女，对于她来说，约翰的到来就好似自己有了一个亲弟弟。她人生的大半都是在约翰的陪伴下走过的。如今突然以这样的方式失去约翰，她遭受的打击之大不言而喻。

第二天，我带了一束花拜访小林家。小林先生出门上班去了，女儿请假没去上学，一双眼睛哭得又红又肿。不过，看状态要比昨天冷静了很多。我递上鲜花，向小林一家表达了对约翰离世的悼念。小林太太含泪道谢：

“真的非常感谢您，虽然在别人看来只不过是死了一只宠物而已，但对于我们家来说，约翰就像陪伴多年的家人……”

几天后，我收到了小林一家寄来的一封情真意切的感谢信。信中说，虽然他们一家人因为这次打击而感到消沉，但他们也约好了，等女儿考上大学后，再养一只柯基。女儿也会努力学习，准备考试的。

其实，我不仅这一次为宠物献了花，只要是发现了宠物的遗体，我都会准备鲜花的。养过宠物的人一定都懂那种感情吧。比起远房亲戚、很久都没见过的朋友去世，一直朝夕相处的宠物离世会让我们更悲痛，更伤心。不过，就算对于饲主来说宠物就和家人一样，但失去宠物，却不能像失去亲人朋友那样举办葬礼，有人陪我们一起难过。失去宠物，我们只能独自承受那份悲伤。我从小到大养过很多动物，所以我非常理解那种心情。

在失去深爱的“家人”的悲痛面前，区区一束鲜花显得太微不足道了。但是，如果这鲜花能让饲主觉得“还有人理解我的难过”，那么我想，哪怕只是稍稍缓解那么一点点悲伤，送这束花也是值得的。

虽然大部分宠物的尸体看上去都比较惨烈，但也有少数宠物被发现时全须全尾，就像被定格成了一幅画像。

在本书开头部分，我曾提到过有一个从地方银行辞职来做我徒弟的人。这个案子就发生在他跟我学习之前。当时，他是作为委托人来拜托我帮他找宠物的。

这名男性和妻子结婚后，很多年都没能有孩子，于是就开始养兔子了。大概在那只兔子两岁的某一天，夫妻俩把兔子放进航空箱，一起带去了那须露营场。他们原本是想让兔子享受一下高原的大自然气息，品尝自然的牧草。结果却意外让它逃脱了。

兔子转瞬就没了踪影。

我牵着当时饲养的大型犬去寻找这只兔子。在山里寻找确实有些困难，不过花了两天时间还是找到了。我家的狗狗领我去了发现兔子的位置。虽然它没有接受过警犬受到的那种严格训练，但我事先给它闻过走失兔子的味道，再加上运气不错，它准确定位到了要找的兔子。

呈现在我眼前的，是绘本图画一般的梦幻光景。丛生的荆棘之中，唯有一处小小的开阔空间，荆棘在其上盘绕，形成一个穹顶。小兔子就静静地躺在里面，好像睡着了一样。

它看上去没有什么外伤，猜测是听到了什么响动，惊吓致死的。兔子大多比较神经质，而且极度胆小。稍有风吹草动就会非常害怕，所以比较容易被吓死。

不过，如此“美丽”的遗体并不多见。它的尸体在遭受乌鸦和野猫的伤害之前被我们发现，可以说是不幸中的万幸了。

但不管怎么说，它的确还是死了。对于饲主来说这依然是一个相当悲痛的结局。不过和彻底没有找到踪迹，或者面目全非地被人发现相比，这个结局的确算是比较容易接受的了。

家养的动物在野生动物和车辆面前都会显得非常弱小无力，带宠物出门时，稍有不注意，它们可能瞬间就会逃跑，一不留神就会直接送命。

所以，请大家在带宠物出行时一定要多加小心啊。

Case 22

核辐射中的搜救

"我们住在福岛……您可能……不会过来吧。"

打来委托电话的佐久间先生如此说道。

那是2011年5月，也就是说，东日本大地震后两个月的事。当时电视上连日都在播报东京电力福岛第一核电站事故的相关报道。

佐久间先生是想请我寻找他家失踪的宠物狗的，但一阵犹豫之后，他才吞吞吐吐地说他家住在福岛。

佐久间一家住在沿海一带，但不在核电站周围的三十公里之内。不过，他家距离建议采取避难措施的区域并不远，没人会为了工作特意进入福岛；因为当时余震频率很高，而且核电站事故的情况尚不明朗。

佐久间先生本来是认定了"现在的情况，宠物侦探应该不会接手"。给我打这通电话，也是抱着最后的一丝希望姑且一试。

“不要紧，我马上过去。”我回复他。

我立刻动身赶往福岛，在新干线车站租了一辆车，开往佐久间家。

佐久间先生家坐落在一片新兴的住宅区内，看上去像是近些年才开始有人居住的样子。虽然此地似乎没有遭受海啸攻击，也没有遭受地震损害，但街上几乎空无一人，十分诡异，或许是因为那天还下着雨吧。可即便如此，也实在是太冷清了。

给我打电话的佐久间先生出门工作了，开门迎接我的是他六十来岁的母亲。佐久间先生和父母三人一起生活。

“辛苦您这么大老远专程跑过来……”

佐久间先生的母亲对我深深鞠了一躬。

据她讲，这片住宅区大多住的是带孩子的年轻夫妻，多数家庭都带着孩子一起避难去了。即便是没跑的，也都因为害怕放射性污染，尽量躲在家里不出来，所以外面才一个人影都不见。佐久间一家都有工作，而且这个房子也是刚买的，所以没有离开。

佐久间先生饲养的是一只柴犬，名字叫大和。今年四岁。

大和特别讨厌打雷一类的巨大声响，是一只比较神经质、敏感的狗狗。遇到大风天，它会萎靡地垂着尾巴，变得毫无精神。3月11日那天发生地震的时候，它被剧烈的晃动惊得大叫。自从发生地震后它就一直在家里待着，但每次发生余震，它都会焦躁不安地在房间里不断地打转。佐久间家的人需要不断轻抚它，安慰它才行。

大约一周前，余震突然袭来，大和彻底应激了，用鼻子顶开只有窄窄一条缝的窗户，跑了出去。在此之前它从来没有这么做过，足见这次余震把它吓得不轻。

“我们到处都找过了，但大和跑得特别快，根本找不到它……”

佐久间先生的父亲一边说着，一边叹了口气。我接过他递来的照片，准备迅速展开搜索工作。然而，谁都不知道大和究竟是向着哪个方向逃跑的。考虑到柴犬的奔跑速度，它可能转瞬间就已经跑出去老远，随便走走就找到它肯定不现实。

如果有人看到了寻狗启事，提供目击证言，那应该能帮助我们确定逃跑方向。可是眼下这个情况，就算张贴启事也没什么效果。因为街上真的连个人影都没有，根本没法指望有人提供目击情报。

而且，现在还在下雨。讨厌下雨的小狗遇到这种天气肯定找个地方躲起来避雨了。我一筹莫展，但又觉得要把能做的事都做了才行。我脑子里突然闪过一个念头："这雨里会不会也有放射性物质呢？"不过我马上告诉自己：别想那么多了。

我先是老老实实地到处张贴起启事，然后确认道路上、房屋院落里，随后还搜索了狗可能躲藏的一些地方。忙着忙着，天不知不觉就黑了，这一天下来，一无所获。

第二天、第三天，都是下雨。大街上一个人影都没有，想找个人问都没法子。整个街区都安静极了，只能听到淅淅沥沥的雨声。

我就这样不停地东奔西走，努力搜寻哪怕一点点的线索。然而最终三天的搜索结束，没能帮佐久间一家找到走失的宠物，我内心感到非常愧疚。可佐久间先生的母亲却反倒对我深深鞠躬致谢：

“在这种时候，您竟然能特地跑来我家帮忙找大和，而且还淋着大雨豁出命地找它……光是这些，我们已经非常非常知足，真的太感谢您了。”

听她这么一说，我心里愈发过意不去了。还有，她话中的“豁出命”几个字，给我留下了深刻的印象。的确，当时因为放射性核污染的问题，光是跑去福岛这个地方，在很多人眼里就算是相当冒险的了。然而，实际听到住在那儿的人亲口说出这几个字时，我顿时难过了起来。他们才是“豁出命”守在这儿的呀。

就这样，我带着难以言喻的无力感，离开了佐久间家。

最终，大和都没能被找回来。

当时我之所以毫不犹豫地接下了佐久间先生的委托，是因为在那之前我已经去过了比佐久间先生家还危险的区域。那是在3月，具体日期我已经忘记了，当时刚刚发生大地震还没过几天。我看到相关报道提到核电站周边的居民虽然都避难了，但宠物和家畜却都被留在了原地。于是我跑去商店买了大量的宠物食品，塞满车子，赶往福岛给那些被留下来的动物送食物。

当时车子还能开到离核电站很近的位置，所以我应该是赶在了辐射区域被封锁前跑进去的。

核电站周边的数十公里如死城一般安静。我好似身处某个科幻电影的场景之中，整个城市空无一人，只有我被独自遗落在此。其间，我只能偶尔见到一些正在工作的自卫队队员。

发生地震前，我经常会跑去福岛的海边冲浪，对核电站周边这一带尤其熟悉。开着车行驶在沿海岸线的公路上，原本熟悉的场景已发生了翻天覆地的变化。之前常住的海边旅馆已经被冲得片瓦不留，整条海岸线的模样也完全变了。防沙林里栽种的松树齐齐倒地，一些船只直接被大水冲进了田地里。整个沙滩几乎被漂来的瓦砾垃圾全部埋住，散发着死臭味。那是动物或者人类的尸体正在腐烂的气息。

虽然没有直接目击到尸体，但它们大多都被埋在瓦砾下面，估计永远无法被回收了吧。

天气明明如此晴朗宜人，我的内心却感到压抑至极。

见到一些自卫队队员正在将漂流物堆积到海岸边，我停下车和他们稍微交谈了几句。交谈后得知，他们处理的是从发电站方向来的漂流物，所以这些人当时恐怕已经被放射性物质伤害了吧。

一路上，我只要看到有狗和猫，就会走下车投放一些食物给它们，然后再离开。其实，我原本应该把它们带回相关机构保护起来，然后再为它们寻找饲主的。可是这片区域的流浪动物实在太多了，我独自一人实在做不到这一点。所以，我就本着让它们多活一天是一大的念头，带着尽力帮它们改善状况的念头，努力去投放食物。

抵达核电站所在的双叶町时，我看到商店街的入口还摆着巨大的标语“核能，点亮未来的能量”。今天再来看这句标语，实在是过于讽刺了。

因为找不到可以留宿的地方，我一路开着车，最终找到了一个类似健康乐园的地方，于是决定就在这里过夜。健康乐园的工作人员身上穿着夏威夷衬衫，上面还印着蓝色木槿花的图案。他身上的衣服图案开朗活泼，脸上的表情却极度阴沉，二者产生了巨大的对比。除我之外还有其他一些客人，大家的表情都是一样的阴暗消沉。每个人的模样都和治愈疲劳的健康乐园主题完全不符。

我花了两天的时间，在避难区域兜兜转转，直到把满车的宠物粮都投完后才回去。当时见过的那些小狗小猫，如今都还活着吗？或许，我的所为完全是徒劳吧。可我仍旧祈祷，哪怕一只也好，哪怕有一只宠物靠我给的粮活了下来，并且平安回到了主人身边，也好啊。

当时福岛的末日景象，时至今日犹在我眼前。衷心希望那座城市的人们能早日回家，和自己的宠物团聚。

Case 23

圣诞季的重逢

我记得那是在某年的12月中旬，人人都被将至的年关弄得有些手忙脚乱时，我接到了这样一份委托。

“求求您帮帮我，帮我找到小凛吧。”

委托人是家住埼玉县川越市的新井夫妇。夫妻俩六十来岁了，子女早已独立。丈夫退休后有了些闲暇时间，于是养了条狗。这只狗是一只从动物保护中心领养的三岁公狗，属于体形瘦长的大型犬，名叫小凛。从照片判断，小凛应该是 只有波音达猎犬血统的串种狗。它有一对下垂耳，短毛，体重目测在三十公斤前后，看上去气质相当稳重。听说小凛很乖，饲养起来也很轻松。

我又询问了它的失踪经过。那天新井太太领着小凛出门散步时，偶然路过一只没有牵狗绳的狗猛地飞扑了过来。小凛被吓了一跳，于是逃跑了。虽然性格随和，但它毕竟是只大型犬，突然狂奔起来，小个子的新井太太根本拉不住它。

狗狗丢失后，新井夫妇制作了请求提供相关线索的寻狗启事，还跑去收容所、警察局、动物医院打听过，这三个星期，他们几乎天天都在到处寻找小凛。

“能想到的办法我们都用了，可就是找不到它……我们实在没办法了，只能来拜托专业人士……”新井先生如此解释道。

他们夫妻讲起话来都很客气，是两个敦厚沉稳的人。

我问了一下张贴启事的范围，以及他们步行搜索的范围，随后在更大范围内张贴了启事。有大型猎犬血统，又走失了三周之久，它很有可能跑得比我们估计的更远。

搜索陷入了胶着，等了三四天，都没有等到任何关于狗狗的信息。

而且，我也病倒了。一开始只是程度较轻的感冒，但连日吹着寒冷的北风坚持搜索，我感觉身体越来越沉重，嗓子和关节也越来越疼了。

当时正值圣诞时节，商店街和幼儿园都开始播放起了圣诞歌曲。住宅街也纷纷装饰起了彩色灯饰和圣诞花环，热闹极了。我一边心想着“得赶快找到小凛，让它能和家人一起过圣诞”，一边努力四处奔走。

搜索工作开始一周左右后，我总算接到一份“这阵子在附近见过启事上这只狗狗”的情报。目击地点距离饲主家大约三四公里，我寄希望于这份目击情报，并以目击地点为中心，在周边又加贴了很多启事。

第三天，我又收到了“见过一只类似的大狗在附近转悠”的情报，提供情报的正是前一人的邻居，所以小凛的活动范围可以说是基本确定了。

那时候我已经开始发烧了，嗓子很痛，身体异常沉重，但仍然在循着目击情报寻找着狗狗。原本应该至少休息一天恢复一下体力的，可我总有种直觉："再加把劲就能找到它了！"于是我没有休息，继续查了下去。我担心一旦休息了一天，耽搁了，小凛就有可能跑去更远的地方。当时的状态也说不准是先找到小凛，还是我先倒下……

又过了一天。我记得那天正巧是在平安夜。

"它刚从我眼前路过哟！"

接到了这一通目击电话后，我不由心中喝彩：这圣诞礼物可真是太棒了！随即立刻赶往目击现场。

赶到时，我看到一只瘦骨嶙峋的大型犬正在住宅区徘徊。没错，应该就是小凛。虽然还在走，但已经是走几步就得站住，稍微休息一下，再迈步……的状态了。它失踪至今已经将近一个月，体能恐怕已经到极限了吧。它瘦得肋骨清晰可见，比照片里要瘦得多。步行的姿态踉踉跄跄，飘飘忽忽，完全不像是三岁的年轻狗。

我听新井先生提到过，小凛胆子很小，而且极度认生。于是我没有选择立刻去抓它，而是先联系了新井夫妻，请他们过来一趟。如果硬要去逮，结果把狗狗吓跑了，那就太不值得了。我用手机给新井家打了电话，马上联系到了他们，并请他们过来一趟。新井太太问了一下我们的所在地，大喊一声：“我们马上到！”随即挂了电话。

在饲主抵达前，我一边焦急地等待，一边在稍有一段距离的位置关注着小凛的情况。同时还在内心祈祷，千万不要突然路过个车辆什么的，再把它吓跑了……

看小凛的样子，它明显是在寻找自己的家。

这附近的住宅外观上都和新井家相同，家门前是一个小小的院子，还有一个小型停车场。那是比较常见的一种建筑形式，所以小凛应该就是在相似的街区里迷了路，不停打转。

只见它在一户停了车子的人家门前仔仔细细地观察，确认着，很快它就明白“这家不对”，于是再度缓慢挪动步子向前走起来。它的意识恐怕已经朦胧了吧。我远远地守望着它，看那踉踉跄跄的样子，真担心它会突然倒下。

其实，此刻的我也是一样，意识模糊，几乎要晕倒。我感觉身体已经撑到了极限，咳嗽的声音都不太一样了。我暗暗决定，熬到新井夫妇把小凛接回家，就马上去医院……

新井夫妇大约在三十分钟后赶到了现场。从新井家的距离上考虑，他们抵达这里的时间应该更短，但我当时的感受就像有三十分钟那么久。在饲主抵达前盯住了小凛，没让它跑掉，我也大松了一口气。

“……凛！小凛！”

“小凛啊！”

开车赶过来的新井夫妇跳下车，大声喊着小凛的名字。

听到主人的声音，小凛猛地转过头，整个身子颤抖起来，看它的表情是认出了主人。

紧接着，令人震惊的一幕发生了。从小凛的双眼之中，不停有泪珠滚落。

小凛几乎不能再动了，它就站在那儿，在等着主人奔过来的时候，颤抖着，不住地流着泪。

新井夫妇跑到瘦骨嶙峋的小凛身边，终于把它抱在了怀里。小凛虽然已经瘦成了皮包骨，但努力地摇起了尾巴，开始舔起了新井夫妇的脸。

原来，狗狗也会哭啊……我想。

狗狗会因为疾病流泪，产生泪痕；但一般情况下，它们并不会因为悲伤或快乐等情绪而流泪。不过，从那以后，我又见过三四次狗狗流泪的情况。尤其是这次的新井夫妇和他们的爱犬小凛，令我记忆犹新。我明白，狗狗的那些泪水并非因为眼疾，一定是因为见到了主人，所以才流下的欣喜的泪水。

“我们现在就带小凛去医院，随后我们一定会好好感谢您的，请您等我们的消息。”一阵再会的喜悦拥抱过后，新井先生转身对我说道。

随后他们赶快把小凛带上车，离开了现场。

因为我也正好想去医院，所以没有在这里拖延太长时间反倒让我松了口气。一直绷紧的那根弦断了，我强打精神才没有当场瘫倒，勉强支撑着走到了附近的医院就诊。医生诊断我得了支气管炎，还差一步就要发展成肺炎了，建议我直接住院。那还是我有生以来第一次输液。

那之后的记忆就有些模糊了。印象里，我似乎能透过医院的窗户眺望到外面闪烁着的圣诞彩灯。

但是，我是真的看到了吗？还是发热状态下的幻觉呢？说实话，我自己也不知道。总而言之，我连住了几天院，一直在卧床输液。

虽然元气大伤，但一想起找到小凛时它的表情和眼泪，我又会觉得心里暖暖的。整整一个月，小凛一直在奔波，寻找自己的家，精力和体力都已到极限。如果再晚一两天找到它，就真说不定会是什么结果了。

我孤独的住院生活，就在对小凛眼泪的回味之中度过了。

第4章

宠物侦探的人生

从小热爱动物

我是怎么做起了宠物侦探这一行的呢？想要讲清楚这件事，首先需要追溯到我的孩提时代。

从还未记事起，我就是个对生物非常感兴趣的小孩，童年养过各种各样的动物。起先我主要养昆虫，也不知道是从几岁起，我动不动就会趴在地上找虫子玩儿。我会翻开落叶或者地上的石头抓躲在下面的虫子，或者一个劲儿地在地上挖洞，一直挖到有蚯蚓钻出来为止。到了冬天，我还会剥开树皮，去翻找冬眠的虫子。比起和小朋友们一起玩，我和昆虫以及动物玩耍的时间明显要多得多。

没错，我就是这样一个孩子。

我出生于神户，有一个哥哥和一个妹妹。当时我家房子仅有六张榻榻米大小，两间屋子住了五口人，我根本没有属于自己的房间。所以，每次我拿着虫子回家养，家人就会表现得非常不悦。尤其是我哥哥，他极其讨厌各种生物，所以也连带着讨厌我。

小时候，我捉过蚂蚁、蝴蝶、蛾子、蠼螋、双叉犀金龟、锹甲虫等，我会在外面随便捡个能用的捕虫盒，把捕到的虫子放进去，带进房间或者摆在阳台养起来。我还曾经捡过鱼缸，把蝎蝽、水蝎等会在水边活动的虫养在鱼缸里。

读小学的时候，我迷上了蜘蛛。蜘蛛的世界相当丰富多彩，吸引着我的好奇心。

跳蛛，日本俗称“忍者蛛”，会出没在各种地方。它们并不会结我们日常看到的那种放射状的蜘蛛网。它并不是用蛛网去捕获猎物，而是向苍蝇等昆虫直接飞身蹦过去。为了防止跌落，它们会“啪”地喷出蛛丝，帮助缓冲降落，真的好像忍者一样。

跳蛛中的一种，名叫大蚁蛛的，有拟态能力，可以把自己伪装得和蚂蚁极为相似。它八条腿中的前两条是长在蚂蚁触角的位置上的，一般人看到大蚁蛛一定会把它误认成大蚂蚁。这些蜘蛛常混进蚁穴之中去吃掉一些蚂蚁，或者吃掉蚂蚁收集到的食物。

还有一种蜘蛛，叫蟷螠。这种蜘蛛虽然会筑巢，但建起来的巢穴也非同一般。它们会在地面上挖出一个隧道一般的巢，然后挡住巢穴入口，令人很难察觉到洞穴的存在。当有其他昆虫不经意凑近洞口，蟷螠会猛地蹬开遮挡物，飞身扑出来捕获猎物，然后将其拖进巢穴内吃掉。

就这样，我饲养并观察着各种各样的蜘蛛，非常开心。捕虫盒放不下了，我就把它们散养在房间里。如果是会筑巢的那种蜘蛛，就算散养也能知道它在哪儿，并不会找不到。

不过，蜘蛛繁殖得太多了，有时候还会爬满房间天花板，我免不了被家里人发好一顿火。

去小学上课的时候，我也会带着各种生物去学校。比如在口袋里塞个青蛙，或者把上学路上捡到的小老鼠藏在课桌里。有一次，我带去学校的蛇逃跑了，游到走廊上，还引发了一场不小的骚动。

学校供餐的时候，我领到面包也不吃，会留给动物们做饲料。结果在课桌里存了太多，最终发霉了。好死不死，那天是授课参观日，我桌里的东西被掏出摆在外面示众，我为此挨了好一顿骂。当时的班主任面对我这样一个动不动就闯祸的学生，想必也很烦心。我自己倒是不太在意这些，但当时被叫来学校谈话的母亲应该觉得很丢人吧。

和现在不同，当时的野猫野狗还是很多的。我自然也会把小猫小狗捡回去养。当时我家住的是集体公寓，肯定没办法在房间里养这些动物，所以我就把小猫小狗藏在一层的阳台下边，或者藏在仪表箱里，藏在垃圾场的小屋子里……结果动不动就把公寓闹得天翻地覆。因此，我总是在挨骂。

我记得自己还养过蝙蝠、沟鼠、斑鸠一类的动物，还成功给很少会和人亲近的麻雀喂过食。一走到外面，麻雀们就会“哗——”聚到我身边，甚至有几只会停到我的肩膀上。不知为何，我似乎特别招鸟类喜欢。

我还养过红点鲑、马苏大麻哈鱼一类生活在溪流中的鱼类。因为它们只能生活在冷水里，所以还要在鱼缸外再装一个专门的冷水机。我没法让父母给我买，读小学时的零花钱又不够，于是我就跑去卖金鱼和热带鱼的水族店打工，换来了一个二手的冷水机。

至于读书学习，我简直可以说是“油盐不进”。儿时的我只对生物感兴趣，在大人们眼中是一个动不动就惹麻烦的问题儿童。

走进赛鸽的世界

曾经养过各种各样生物的我，小学高年级时最沉迷的就是赛鸽了。

当时正值20世纪70年代后半，我在一本漫画杂志《周刊少年Champion》上，读到了饭森广一连载的漫画《赛鸽0777》。这部漫画非常细致地刻画了鸽子和饲主之间的牵绊、感情，以及合力挑战对手的过程，非常热血励志。

赛鸽，就是一种参加比赛的信鸽，比赛内容是：在一个相当偏远的地方将鸽子放出笼，看哪只鸽子能最快回到自己家中。在日本，路程长度大约是一百到一千公里。听说在中国还有一千五百公里的长距离路线。别看路程如此遥远，只要是接受过正规训练的赛鸽，就有能力找回自己家。

在一些大规模赛事中，数千只信鸽们会被好几辆大货车拉去起点，同时放飞。因为信鸽被放出笼后会以最快的速度向家的方向猛冲，所以从北海道到东京的距离，它们当天就能返回。自然，一路上也有些信鸽会被电线钩住，被猛禽抓住，或者因力气耗光掉进大海，最终没能回家。这“返航”期间的各种事件，也是比赛的戏剧性之处。还有些鸽子虽然回来了，但已是遍体鳞伤。看到自己的鸽子回来，饲主也是又开心又心疼，在这些人身上，自然也会发生各种故事。

不过，我周围根本没有养赛鸽的小学生。毕竟，养赛鸽的人大多是开大货车的司机，或者做流动生意的一类人。在这样一群成年人里掺进了我这样一个小学生实属罕见，我当时也真的受到大家很多照顾。

比起日本，赛鸽在海外更加发达。据说中国的一些比赛还设有高额奖金。在日本，这种兴趣爱好并不普及，也拿不到什么奖金。不过，一些赢得了较大规模赛事的信鸽能以种鸽的身份卖出高价。可能因为有机会赚到高额回报吧，赛鸽运动往往比较容易吸引到一些没有正式工作的人。

赛鸽和赛马一样，血统不同，速度也不同。速度快的赛鸽必然有一对速度快的父母，单凭训练是无法颠覆血统的。血统优秀的种鸽，一只的价格就可能超过一千万日元。我也曾目睹过不少人因为痴迷饲养优秀血统的赛鸽，结果将自己的家底都赔了进去。

当然了，我当时只是个小学生，不可能买得起那样血统优秀的鸽子。我当时是获得了另一个赛鸽爱好者（一个开大卡车的司机）的帮助，把自己多余的幼鸽苗分了我。他的运输公司院里还盖了鸽舍，我借用了鸽舍的一小片地方，养起了属于我自己的赛鸽。

那鸽舍里大约养了有一百来只鸽子吧，因为借了人家的地方，所以作为交换，我要给大量的鸽子喂食，清扫鸽子的粪便。每天早上，我一早就背上书包直奔鸽舍而去，开始照顾和训练鸽子。做完这一切我才会去学校。放学之后，我也没有时间和同学玩儿，冲出校园直奔鸽舍，一直照顾、训练鸽子到天黑，太阳下山才回家。那阵子我一直过着这种日子。

赛鸽训练最开始的一项，就是让鸽子们在上空盘旋飞行。等它们掌握了一定的方向感，再骑自行车带它们去稍远一些的地方，放出鸽笼，训练它们返回自家的“归巢本能”。然后，需要骑着自行车跑到数十公里开外的地方去训练回笼。

把鸽子们放出笼时内心会不安，担心它们无法顺利归来。如果见到它们都安全回到鸽舍，我会非常感动。在如此反复之中，我和鸽子之间便逐渐产生了感情和牵绊。

小学时代，我的生活就这样以赛鸽为中心，整日与各色动物为伴。我记得在小学的毕业纪念册里，我写到自己的梦想是“想从事和动物有关的职业”。

无家可归的中学生

就这样，喜爱动物的少年不断成长，最终变成了宠物侦探——这么说未免太敷衍了，事实根本没有这么简单。

进入中学后，因为环境变化，年纪渐长，我告别了之前那种和动物们在一起的生活，之前一直非常沉迷的赛鸽也被我放弃了。

我成了个“不良少年”，按当时的说法，就是个小混混。

当时正是畅销书《积木倒塌》非常流行的时期，校园暴力、流氓横行街头成了普遍的社会现象。想象一下那个时代荒蛮校园里的不良少年……我当时就是那副模样。不去上课，整日抽烟，骑着摩托车去学校，同黑道的学长混在一起……当时的我整日为所欲为。

因为成了不良少年，所以有一天，我的初中班主任到我家家访，当着我父母的面，干脆对我说：

“你别再去学校了。就说你被送进精神病院了，再也上不了学了吧。”

若是放在今天，老师这句话如果被发到网上一定会引起一片哗然，但那个时代，一切都是野蛮生长的状态，老师这么说话一点也不稀奇。

总而言之，既然老师都这么说了，我直到毕业典礼为止都没有再去过学校。

很快，我不但不去学校，连家也不回了。

离家之后，我开始辗转借宿在朋友家，但借宿的日子也不长久，渐渐我就开始露宿街头，成了个野孩子。

我会寻找一些不会吹到风的地方躲着，比如车子下面，或者停车场的角落，整日过着风餐露宿的生活。有时我还会偷偷摸进关店后的家庭用品商店，钻进宠物卖场的大型犬笼里睡一晚，那种笼子睡起来相当舒服。

至于吃饭的问题，我会拿个塑料盒子去各种超市的试吃区收集食物，然后再只买一份一百日元的白饭，就用这些凑合一顿。每天就靠收集自助售货机或者公共电话里漏下的一些零钱，勉强度日。

当然，离家出走后，我父母也到处找我，终于还是把我找到了。见我已经瘦得皮包骨，父母怒吼着："再这么下去你就没命了！跟我们回去！"把我拉回了家。

但是，我一到家就马上又跑了，就这样反反复复好几次，最终父母也放弃再找我回去了。

那段无家可归的经历，或许也为我现在从事的工作积攒了经验。当时我每天脑子里想的都是怎么找到一个舒适的、能躲避风雨的地方，当然野猫野狗也会聚集在这类场所。我觉得住着很舒服的地方，对于动物们来说也一样吧。

缩在车子下面看到的城市的风景，还有不断闪过的行人的双腿，我至今记得很清楚，我认为这也是猫咪和狗狗的视角。

当时我经常跑去便利店附近翻找他们的垃圾桶，吃些人家扔掉的盒饭。很快，就有好多野猫野狗跟在我身后。它们应该是觉得跟着我就能吃到东西吧。

后来，我每次都是从停车场的老巢出发，领着野猫野狗浩浩荡荡走向便利店，然后大家一起分食垃圾桶里的剩饭。在旁观者眼中，那一定是相当奇异的一幕。

也正是因为有了这段经历，我在后来的工作中常能凭一些类似“今天这种温和天气，猫大概应该在这种地方躲着”的第六感去工作。

大概从初三起，我就开始打工了。一开始我虚报年龄，在殡仪馆工作。虽然年龄会露馅，但我选的基本是些很难招到工人的工种，所以被发现造假我也不会遭惩罚，他们还会一如既往地雇用我。

除了殡仪馆，我还在高尔夫球场当过球童。可能当时到处都缺人手吧，也没人认真追究过我的年纪和学历。

最终，我整个初中三年基本没上过课，只在最后参加了一下毕业典礼，就算是毕业了。

大自然中的领悟

初中刚毕业，大概十五六岁的时候，我继续打些不怎么上得了台面的零工，活得好似无根蓬草。不知为何，我突然产生了登山的冲动。我也不记得究竟是什么事件让我突然想到要去爬山，总之我就那样一时兴起去了长野。因为之前打工也攒了些钱，所以还支付得起旅费。

我独自登上了日本的阿尔卑斯[1]一带的山，在辽阔的大自然中度过了好几天。

一路上，我遇到了各种野生动物。

在河流旁野钓，观赏瑰丽的高山植物绽放出花朵，躺在山坳中仰望星空，从山顶眺望无限壮丽的风景，竭尽全力呼吸着山中清新的空气。

我突然冒出这样的想法：

“生活在大自然中是多么舒适啊。”

1　日本的本州岛中部有三条风景秀美、适合旅游度假的山脉，近代被合并称为“日本的阿尔卑斯山”。——编注

"迄今为止，我都在过着多么愚蠢的生活啊。"

我觉得自己更适合生活在这样的大自然之中。假如我继续做些灰色地带的工作，不明不白地生活下去，早晚有一天会彻底沦落到黑社会的泥潭里，无法自拔。这种突如其来的感受促使我下定决心，一定要做一份"正经职业"。

就这样，我猛然一转身，投入到了认认真真的"劳动"之中。

所幸当时正值经济泡沫膨胀期，就业市场很不错的时代，像我这种没有任何学历的人也不愁找不到工作。

我在神户的餐厅、酒店工作过，也在长野的工厂里做过给物件开孔的流水线工人。为了时薪更丰厚，我选择上夜班，熬一整个晚上工作，然后白天就去爬山。

后来，我还在佐川急便分拣过货物，去了东京之后，我擦过高层大楼的窗户，当过餐厅的侍应生，做过旅馆的服务员。

二十二三岁那会儿，我从东京搬去了冲绳，当时正是刚辞了旅馆工作之后没多久。也没有什么特别的原因，就是漫无目的地在冲绳闲逛。一开始是三天左右的短期旅行，后来我仔细一想，好像也没什么回东京的理由，于是就干脆在冲绳住下了。

一开始我还是老样子，风餐露宿的。后来不知道发了什么疯，突然在宠物商店买了只鸽子，可能是回忆起了小学时养赛鸽的过往吧。我当时连个住的地方都没有，也没考虑过将来怎么办，当然是没办法饲养活物的。但也因为这个契机，我认识了冲绳赛鸽协会的人。这位协会会员又碰巧是某家旅馆的管理者，于是我就开始在那家旅馆工作，还在人家的帮助下租了房子。

然后，我成了宠物侦探

从搬去冲绳起，我那种“想从事和动物有关的职业”的情绪也一点点回来了。在那家旅馆工作了一段时间后，我又改行做了渔夫，开始在冲绳出海捕鱼。

渔夫的工作很耗体力，特别辛苦。某天我倒头睡成烂泥时做了一个梦，梦见自己正在从事一份寻找失踪狗狗的职业。奇妙的是，那个梦给我留下了相当鲜活的记忆。

在那之前，我不断地更换工作，虽然每一份工作我都是认真去做的，但一直没有"我愿意为这份工作奋斗一生"的感觉。同时，我还始终若有若无地有一种"想做一份全世界独一无二的工作"的愿望。在做了那个梦的瞬间，我当即决定："就是它了！"当时，我甚至都不知道世界上有"宠物侦探"这份职业的存在。

我马上辞掉了渔夫的工作，返回东京。首先就是做调查！我翻开了电话本——在那个时代，网络还并不普及，想寻找什么的时候就得依赖电话黄页。

我本以为世界上肯定还不存在寻找宠物这一行当，可遗憾的是，它已经存在了。电话簿上面记录了提供寻找宠物服务的公司，名字就叫"宠物侦探"。

"失策了！"

我有点不甘心地拜访了那家公司，直接入职做了学徒。在当时，那家公司就已经创业近十年，在寻找宠物这一行里算是老资格了。

我用两年的时间在这家公司学到了寻找宠物的各种方法，独立出来，成立了自己的事务所。虽然前东家也问过我，是否考虑以分公司的形式独立，但我当时更希望能按照自己的想法去工作，所以就彻底独立出去了。一直到现在，我仍不时会和当时那家公司的社长联系。

刚开业的时候，我既没有口碑也没什么门路，有时候一个月都等不来一单委托，情况相当惨淡。不过，为了一有委托找上门马上就可以开始行动，我也没办法找其他兼职。因为生意实在太少，我无数次觉得“再这么下去恐怕要完蛋了”。不过，就这样一步一个脚印地干着，有饲主互相介绍，有网络上的好评，我收到的委托也越来越多了。因为这项工作是以动物为主体的，所以总有淡季旺季，“宠物发情期比较忙”“隆冬时节委托相对少”都是必然，但我的工作还是逐步进入了比较稳定的时期。

很快，我被杂志、电视等媒体采访的机会增加了，接受了NHK的采访之后，全国各地都有电话打过来，一个月能接到一百多通电话。不过，我的工作模式导致我能接的案子数量有限，所以就算我在电视上露过脸，也并不意味着能赚很多钱。

而且，我在前文中也曾经提到过，有不少有志成为宠物侦探的人会跑来拜师。但是，并没有人能最终坚持下来。这么看来，宠物侦探这一行也有它的门槛。我在做这行之前换过那么多职业，唯独宠物侦探坚持做了十五年，正因为我适合做这行，或者说，这就是我的“天职”吧。

而且，在创业前我就有过心理准备了：做这行肯定会和饲主产生不少纠纷。但幸运的是，迄今为止，我和饲主之间基本没产生过什么很大的不愉快。关于这方面，我其实在接受委托前的电话咨询环节就非常注意了。

宠物丢失，不少主人的精神会很不安稳，情绪会出现问题。我记得那还是我刚刚独立没多久的事，我当时去了委托人家，结果发现这个人的房间里用红色的喷漆潦草地涂满了“想死”“想去死”一类的词，看得我毛骨悚然。那名委托人的模样也很可怕，一副“你要是找不到，我就连你一起宰了”的表情，那一刻我马上意识到“也不能对一切委托来者不拒。”

在寻找宠物这种工作中，和饲主之间的沟通其实非常重要。对于一些连提供基本信息都很难做到的饲主，我会判定为“较可能产生纠纷”，仅接受咨询，不会再进一步接洽。我会仔细打听宠物丢失时的具体情况，以及宠物本身的特征，在这些基础之上去制定一个最合理的搜索方针。让饲主们理解了这些之后，我才能接任务；所以，能否和饲主建立起有效的沟通非常重要。那些在我这儿被认定为“较可能产生纠纷”，终止进一步接洽的饲主，委托了别的宠物侦探之后果然产生了纠纷，这样的案例我也听得很多了。

我对以后的展望是，希望做更多对世界有贡献的工作。眼下我的搜索服务定价是三天十万日元，但能负担得起这笔费用的人还是比较少的。未来，我希望能再多多提升搜寻效率，把服务价格压低一些，让更多人都能请得起宠物侦探。

比如说，不必赶往现场，就可以摸清宠物的行为模式，通过地图确认地形，凭常年的工作经验划定一个较为明确的搜寻方向。最近，在谷歌地图的街景模式下，我们可以凭借网络在一定程度上弄清楚宠物失踪现场一带的状况。比如饲主先在网页表单里填好基本信息，我则通过网络或电话做进一步沟通，这样就能快速地将具体的搜索顺序以及要点传授给饲主。

应该重点寻找什么地方，在什么样的街道两侧张贴搜寻启事比较有效，应该在什么样的范围内投递传单……类似这种具体建议，就算我本人不实际到场也是可以给出来的。张贴启事、投递传单的工作如果交给饲主本人来做，那这部分搜索费用就能省下来了。以上就是我现在正在研究的一些改进方案，虽然不能立即实行，但的确值得从长计议。

我在这本书里写尽了做宠物侦探的艰苦一面，这一行的确做的是又累、又脏、又危险的体力劳动；而且还往往会卷入一些剪不断理还乱的纠纷。这都是事实。不过，做这份工作也能收获无上的感动，这也是事实。

和人打交道的侦探，工作总离不开出轨和人际关系调查，这些工作往往会给人留下不好的余味。但宠物侦探的委托往往是以委托人的感谢收尾的，所以是一个能收获很多“快乐结局”的工作。虽然我在前面也提到过一些最终只是找到尸体，悲剧收场的案例，但即便是这样悲伤的结局，也和调查人类不同，不会留下什么遗恨。

宠物这边也是一样，大多数宠物并不是自愿走失的，而是想回家但回不去，所以终于能回到饲主身边，很多宠物都大大地松了一口气。虽然动物们不会对我说谢谢，但走失宠物和主人再会的场面，我无论再经历多少次都会非常感动。我想，这也正是我从事这一工作长达十五年的原因吧。

第 5 章

如何寻找丢失的宠物

当“毛孩子”不见了

在本章中，我想向大家传授一些小技巧，万一您家的宠物丢了，以下的内容就会发挥作用。

失踪时的具体状况、宠物品种、性格等方面的差异，会使适用的搜索方法不同。一般情况下，首先要做的就是在附近搜索，一边呼唤宠物的名字，一边在失踪现场附近寻找宠物。如果丢失的是未绝育的狗或猫，假如它们正处于发情期，那很有可能会循着异性的气味跑。这种情况，我们大多会发现它们在附近的猫狗身边转悠。

如果丢失的是猫，建议在它的领地范围内寻找。如果是狗，那就在它平时的散步路线上寻找吧。

非常胆小，警惕性强的宠物大多会躲在家附近的某个比较安全的场所内。

前文也写过的，如果是被巨响、异响惊吓而逃跑的猫狗，一般会向着声音的反方向移动，着重朝着那一方向搜索会比较有效。

一些亲人的小猫或小型犬大多会被陌生人收养，有不少人会因为小猫或小狗“很可爱”，于是就直接自己养起来了。相反，对于一些很怕狗的人来说，被大型犬接近是非常恐怖的一件事，所以他们往往会通知收容所等机构。最棘手的其实就是中等体形的柴犬或者混血犬，可能是因为这类狗狗在大街上溜达也不太奇怪，它们总会在无人留意的情况下，一口气跑到很远的地方。

如果在家附近找过，仍旧没有找到宠物，就请去和有关机构联系吧。饲主现居地的自治体不同，相关机构名称和受理窗口可能也不尽相同，不过可以打听消息的有关机构出乎意料地多，有收容所、动物管理事务所、警察局、区政府、市政府、清扫局等等。请您尽早去和这些机构联系。

如果您家的宠物比较容易走失，那为了防止宠物突然丢失导致乱了阵脚，最好提前先把自己居住地所属自治体内的所有咨询窗口都先掌握清楚比较好。

○ 动物管理事务所

暂时收留失踪宠物的机构。如果有人愿意领养小动物，就可以通过该机构办手续。如果是收容期已过仍没有人领走的动物，该机构就会将它们无害化处理。不同自治体内此类机构的名称各不相同，一些地区并没有设立这类事务所。如果有不清楚的细节，可以询问都道府县厅及区政府、市政府。因为不同事务所的收容时长不同，所以请尽早询问。

○ 收容所

收容所会受理宠物的报失申请。如果发现该宠物通过其他渠道被收留的报告，收容所会把对方的联系方式告诉饲主，一般由卫生科、总务科负责这些工作。

○ 警察局

在法律中，宠物属于“遗失物”。如果有人捡到了宠物，有可能报警；所以饲主可以向警察局提交“寻物”申请。

○ **区政府 · 市政府**

可以去区政府或市政府询问交通事故的相关情况。如果区、市道路上发生事故且有动物尸体时，会由土木科的职员负责处理。

○ **清扫局**

可以去清扫局询问交通事故的相关情况。都道、县道上发生事故且有动物尸体时，会由清扫局负责处理。

○ **其他**

如果宠物是在马路上遭遇事故，也有可能会被救助，或被带去动物医院。以防万一，也请去附近的动物医院询问一下情况吧。

制作启事和传单的技巧

如果在家周围找过了，也问过了相关机构却仍旧没有什么线索，那请马上开始制作启事。饲主一个人去搜索不知所终的宠物，力量实在有限。使用启事，就能补足自己搜索不到的区域，覆盖不到的时空，所以是非常有效的一种搜寻手段。

有些人会犹豫要不要在启事上写明自己的电话号码，但实际上，故意打骚扰电话的人还是比较少的。只要是我接手的案子，制作启事时我都会写清“Pet Rescue”的电话号码，但迄今为止，我还从未收到过骚扰电话。所以，请在启事上明确地留下一个能马上联系到你的电话号码吧。

制作搜索启事的要点如下：

○ 启事要制作得简单些

照片大，文字量少，整体简洁的启事最容易给人留下印象。对于路人来说，字写得太多他们就不会读完。所以尽量简单明了地说清宠物项圈的颜色、身体花纹、醒目特征即可。有一些启事还会详细描述宠物的性格、行为模式等等，但来来往往的路人是记不住这些的，只写清外貌特征即可。

○ 照片请选择全身照

宠物照片不要选大头照，请尽量选择能清楚展示宠物全貌的照片，要能看清体形、花纹等。如果是小狗或小猫，与其用一张端坐的照片，不如选一张站立且能清楚地看到四肢的照片。

○ 不写赏金也可以

我们时常能见到一些启事上写“提供有效线索，必有重谢”。按我的经验来说，其实在启事上写明赏金，与找回宠物的概率基本没有正相关性。写了赏金，反倒会有更多为了拿钱故意提供些可有可无的信息的人；所以一般情况下，不写赏金也完全可以。

○ 启事和传单分开使用

针对一些活动范围较广的犬类、鸟类，张贴启事比较有效。而一些比较容易钻进别人院子里躲起来的小猫、兔子、雪貂、土拨鼠等，除了贴启事，还可以在附近投放一些搜索用的传单。如果是狗狗，在散步路线和公园等会有狗狗聚集的地方，有时也会收集到一些其他饲主提供的有力情报。所以也推荐制作一些能面对面派发的传单。

○ 启事和传单的颜色和尺寸

启事一般做成黑白的也无妨。尺寸大概是A4纸大小，传单则是启事的缩小版本，32开大小即可。

○ 张贴启事的范围

张贴启事的方法，可以是以失踪地点为圆心，360度向四面八方扩张。或者以最后目击地点为中心

▲ 启事范例

“放射状张贴”。或者在商店街、狗狗散步路线等容易获得情报的线路沿途，做额外的张贴。总体来说，要按地形和情况去区分张贴范围。

○ 张贴启事的地点

正如第一章所说，光是选择街道上的信息布告栏或动物医院等“允许张贴启事的地方”肯定还不够，我其实比较建议大家贴在电线杆上（但是也正如前述，这种行为属于轻度违法）。在高级住宅区等一部分街道上，张贴启事可能会“有损美观”，引人不快。遇到这种情况，就用投递传单来代替贴启事吧。

○ 张贴启事的要点

张贴启事时，要在路人前进方向上，贴在离得老远就能看见的位置。当然，这样反方向的路人就看不到了，所以反方向的显眼处也要贴。这一点很重要。如果平行于路人张贴启事，很多人可能路过启事前也不会扭头看一眼。张贴高度大概在成年女性水平视线高度偏下一点的位置。距离地面一百五十厘米左右。如果贴得太高，会让人感觉有压力。因为我们是站在“拜托路人帮忙”的立场上张贴的启事，所以贴在一个让人能从上向下俯视的位置，不会造成什么心理上的抗拒感。

○ 张贴启事的数量

宠物的品种不同，需要的启事数量也不同。不过大抵需要准备一百到三百张。详细内容请参考后文中按不同宠物种类介绍的搜索要点。

宠物可能遭遇的事件

在自家附近找不到丢失的宠物时，除了“可能跑到了比搜索范围更远的地方”或者“钻进了别人家院子里所以找不到”之外，还需要考虑以下几种可能：

○ 遭遇事故

常有些走失宠物在陌生的路上遭车辆碾轧。如我在前文中提到的，遇到这种情况，清扫局和自治体的土木科可能已经打扫过现场了。如果是一些小型动物遭遇车祸，尸体的损伤可能相当严重，甚至常有连毛色和种类都无法辨别的情况。

失踪宠物遭遇事故的可能性是存在的，反过来，宠物导致交通事故，或宠物狗咬伤路人等意外也是有可能发生的。根据不同情况，宠物的主人可能要付精神损失费、医药费等赔偿金。从法律角度来说，动物的所有者（及占有者），必须尽力避免该动物对他人生命、身体及财产造成伤害或困扰。

○ 被他人收养

小型玩赏犬，以及一些亲人的猫咪很容易被人收养。有些人一开始可能只是出于善意暂时收留，但养着养着就产生了感情，甚至会拒绝归还原主。有些人可能会突然翻脸说："都怪原主人没看好自家宠物，我绝不会还回去的。"从法律角度来看，暂时从饲主身边走失的宠物属于"遗失物"，如果有他人捡到，饲主有权要求对方归还，所以该归还是要归还的。如果捡到宠物的人没有去通报警方，擅自养起来，这属于“盗领遗失物品罪”，将会被处以一年以下徒刑并罚款十万日元。如果发现对方翻脸不还，就把相关法律法规告诉对方好了。此外，如果捡到宠物的一方报警六个月之内原主始终未现身，那该宠物的所有权将归捡到宠物的一方。

○ 被捕猎者捉到

一些用动物做实验的，还有贩卖、繁育宠物的营生，都助长了动物盗猎和黑市交易的滋生。还有些人会领着小孩，假装成一家子，跑到救助小猫小狗的地方应募领养。等到把动物领回去，再将其暗中卖掉。如果出现邻近的几户人家的小猫小狗一起突然消失，那就大多和非法盗猎者有关。如果遇到这种情况，那么非常遗憾，我们可能很难再找到丢失宠物的踪迹了。

宠物侦探的收费标准和恶性从业者

如果饲主本人无法亲自寻找，需要委托我们这样的宠物侦探时，有以下几点需要注意。

首先，市面上现在有很多自称“宠物侦探”的公司，其中存在一些做事马虎敷衍的从业者。有很多新入行的人，短暂地玩票之后又消失得无影无踪。还有一些人并不是宠物侦探，而是“私家侦探”，他们只不过是在老本行之余顺手找找宠物而已。从业十年以上且专做宠物搜索服务的公司，算上我自己的公司也屈指可数。

我们事务所的费用标准是：三天收费十万日元，其中每天保证五个小时的工作时长，且费用需预先支付。因为我们承接全国各地的业务，所以非本地委托产生的交通费、住宿费等费用也需要请委托人负责。基本上以三天为一个阶段，具体到发现丢失宠物为止花费的时间，要根据每一桩案子的实际情况来判断。长的话可能会搜寻一个多月，短的话，从接下委托走进委托人家的院子，到在院子里发现宠物，可能只花了几分钟。

从第四天开始，需要委托人再支付延长费用。不过，我的事务所有一个规定，无论延长多久，费用的上限都是一百万日元。如果不提醒的话，有些客户不知道会在寻找宠物上投入多少，但如果宠物被偷猎者抓走，那无论投入多少时间和精力，可能都找不回来了。所以我会在搜寻工作进行到一定程度时，提议委托人先暂作观望。

十万到百万日元，这笔费用已经不低，但仍有些恶性从业者会心安理得地胡乱收取高得离谱的费用。而且，不同公司的收费标准也各有不同，我的事务所的价格可以给大家做一个参考。

有些从业者只是占了客户刚丢了宠物“病急乱投医”的便宜，其实并不会花精力认真去找宠物。所以请大家一定要在挑选从业者这方面多多小心。如果对方根本没有好好询问过丢失宠物的个性、特征、性格等等，就直接按照“小猫小狗的找法都一样”的思路，想当然地按照同一套方法去寻找丢失的宠物，那就一定要多加小心了。每一只动物都有属于它们自己的个性，行为模式也会因此产生变化，所以请务必委托一名能够明确掌握这些细节，在了解动物个性的基础上展开搜索的从业者吧。

宠物侦探的装备

接下来，我介绍一下宠物侦探常用的一些工具。

○ 地图

确认地形及搜索步骤，地图必不可少！

除了普通的那种道路地图，我们还会使用住宅区地图。张贴过启事的地点，投递过传单的家庭，我们都会在地图上做上标记，以防出现重复劳动或者遗漏。那种经常在房地产公司看到的详细住宅地图被装订成册贩卖，但价格一般都很昂贵。最近新出了一个很好用的“Zenrin住宅地图打印服务”，在7-11便利店的打印机上选择所需区域，就可以当场打印出来。

○ **启事、传单**

呼吁路人提供相关信息。

○ **胶带**

粘贴启事。

○ **牵引绳**

找到狗狗时要用。

○ **防护衬垫**

因为经常需要趴在车子或者自助售货机下，贴近地面去张望，为了避免膝盖疼痛，备一个衬垫最好。

○ **洗衣网**

捕获猫咪等小动物时会用到洗衣网。直接伸手去抱猫时，小猫会奋力挣扎逃脱，所以在移动过程中，为了不让猫咪逃跑，我一般会先把猫咪放进洗衣网，再抱着它移动。因为随身携带一个大笼子或者航空包会妨碍行动，又小又轻的洗衣网是最佳选择。

○ 智能手机

宠物侦探需要随时和饲主保持联系，也需要用它来查看天气，调取地图。尤其是谷歌地图的航拍功能，对确认地形非常有帮助。搜查过程中如果遇到瓶颈，就可以转变视角，从上空再看一下整个地形，这样往往可以得到一些意外的灵感。此外，如果在搜索过程中见到了正在寻找的宠物，可以先用手机拍照，传给饲主，请对方当场确认。对于我来说，智能手机相当于一名得力的搭档，帮了我很大忙。

○ 失踪宠物爱用的东西

走失的宠物情绪很不稳定，尤其是见到陌生的人来抓它，往往会大受刺激。这时候，我会拿出带着饲主气息的手套或者毛巾让宠物先冷静下来，再用它喜欢的玩具或者爱吃的东西吸引它的注意，随后捕捉到它。

○ **口腔镜**

就是牙医会用到的那种能看到内侧牙齿的小镜子。想观察车下面或者排水沟内的情况时，口腔镜会很管用。

○ **诱捕笼**

这个工具我在第一章中介绍过，它是用来捕获猫等小型动物的。在寻找小猫的案例中，往往会遇到一些就算藏身之处被发现，也依然战战兢兢，不愿靠近人类的小猫。它们会因为恐惧而陷入一种应激状态，就连饲主也很难抓住它。这种时候就要用到诱捕笼了。结合周围地形，在猫咪有可能会经过的路上摆放诱捕笼，把它爱吃的食物摆在笼子最深处，小猫咪就会闻着味儿凑过来了。过去这种笼子市面上不怎么常见，但现在网上也能买到了。

○ 安全绳

丢失的宠物有时候也可能爬上树下不来了，或者掉在了河沟里爬不上去了。这种时候，随身携带的绳子就能够充当安全索，协助我们去救援宠物。

○ 背带

可以穿在狗狗身上，扣上牵引绳使用。

○ 手电筒

在夜间或者较昏暗的地方搜寻时会用到它。

○ 望远镜

搜寻鸟类时必不可少的工具。

○ 小刀

遇到一些紧急情况时可能会用到。

○ 自锁保护器、登山扣

这两种道具都是登山时会用到的东西。自锁保护器是连在绳子上，用作固定或放松绳索的工具。登山扣是一个金属制作的圈，有一个弹簧可以负责开关，可以说是一个简易的钩子，我们可以把它连在安全绳或背带上。

寻猫指南

品种差异

西洋猫

因为特征明显，所以这种猫的目击情报比较好收集，也很容易被收养。不过，如果这只猫碰巧还很亲人，那就有可能会被暂时收留它的人据为己有。这种猫咪走失时的移动速度比较慢，大多能在距离失踪现场不远的地方被找到。

田园猫

如果猫咪本身没有很明显的特征，那除饲主外，其他人可能很难辨认。尤其是日本常见的狸花猫和橘猫。所以丢失的猫咪如果平时就戴项圈和铃铛，还有身份识别牌，那收集情报就会比较方便。如果走失的猫咪没有什么明确的特点，那我们会在启事上把尾巴长度、尾巴卷度等细节都写上，帮助大家判断。一般情况下，田园猫要比西洋猫更加活跃。

饲养环境差异

○ **室内饲养**：一般封闭在家中饲养的猫咪丢失的主要原因是窗户未关闭，猫从阳台跌下楼。因为这种猫咪对外面的世界不熟悉，所以会被车辆的噪声、人的脚步声，或被争地盘的野猫惊吓到，精神上不稳定，比较神经质。遇到这种情况，饲主喊名字可能它也不会回应，就算知道家在哪儿，它也不敢行动。这种类型的猫咪丢失后大多会在隔壁住户家发现。搜索的时候，我们会先从近邻开始找起。

○ **自由外出**：如果是一只平时就自由进出家门的猫咪突然不回家了，那它被卷入麻烦的可能性就比较高了。可以考虑以下几点原因：比如发情期的雄猫打架受伤，或爬到树上下不来，或遭遇交通事故，也有可能是被人收养起来了。这需要饲主平日多注意观察自己猫咪的领地，如果猫咪没回家，那就去它的地盘一边喊它的名字，一边寻找吧。如果还没头绪，就需要沿着地盘外圈展开搜索。

猫的地盘

猫咪的地盘以及它一天内的移动距离大致如下。此外，能自由出入，半散养状态的猫咪，与只在室内生活的家猫，这二者的移动距离和移动速度都不同。

	▼地盘直径	▼日均移动距离
▶未绝育公猫	约500～1 000 m	约50～100 m
▶已绝育公猫	约250～500 m	约25～50 m
▶未绝育母猫	约150～250 m	约15～25 m
▶已绝育母猫	约50～150 m	约5～15 m

季节活动差异

春 很方便移动，白天黑夜都能行动，而且也是猫咪的发情期，春天走失的猫很多。

夏 这个季节的猫咪并不活跃，只能在夜间行动。

秋 舒适的季节，也是猫较活跃的时期。是猫的发情期，走失案件多发季。

冬 冬季猫会选择比较暖和的白天行动，晚上会躲在仓库、建筑材料堆放场所、地板下面等不会有风吹进来的相对温暖的地方。

救助时的要点

发现猫咪的时候，千万不要直接冲上去。走丢的猫咪一般情绪不稳，很有可能会在慌乱之中认不出自己的主人，再次逃跑。所以，应该先当场蹲下身，一边喊着猫咪的名字，一边拿着零食等待它主动凑过来。如果猫咪又逃跑了，那在发现它的地点附近放置抓捕器等待，是最合理的选择。

张贴启事、投放传单的注意事项

比起大路上，猫咪一般会选择在不容易被人看到的围墙上或者院子里行动。但是一口气排查好几百户人家是很困难的，这时候就需要发放传单，请住户帮忙。一边投放传单，一边要在目之所及的范围内一家一家地确认空隙、围墙、屋顶、庭院。此外，猫咪很有可能会跑得较远，所以，我们还得在猫的最大可能活动范围内广撒网张贴启事，大致需要贴一百张。

寻狗指南

体形差异

小型犬

可能在丢失早期就会被人救助。小型犬离开饲主会立刻感到不安，很容易见人就靠过去，所以救助者很有可能将其占为己有。所以不但要寻找走失的小狗，还要同时去寻找可能救助小狗的人。小型犬一天内的移动距离大概是三百到一千米。

中型犬

除了非常亲人的个体，大多数中型犬都会较为“我行我素”。饲养狗狗的人常会注意到一些没有饲主牵着的单独行动的狗狗，所以去公园或者散步路线等比较容易聚集狗狗的地方问问，往往能获得一些比较有用的情报。中型犬一天内的移动距离大概是一千到五千米。

大型犬

大型犬独自在外面走来走去是非常醒目的。当地居民目击后一般会通报收容所，所以丢失后要想到它们有可能被管理流浪动物的机构收容。因为很容易被人注意到，所以张贴了搜寻启事后更容易收获一些情报。大型犬一天内的移动距离大概在一千到五千米之间。

品种差异

○ **本土犬种：**这类狗狗平时一般都是我行我素，不太黏人。所以它们基本很少被人收养，更容易倾向于长时间单独行动。

○ **欧美品种犬：**比较亲人，一旦肚子饿了，很容易见到人就贴过去，所以也很容易被人收留。小型玩赏犬、金毛犬、拉布拉多犬比较容易被人捡回家，哈士奇和㹴犬则不太容易被人捡回家。

○ **混血犬：**如果是毛色等方面比较有特点的犬类，就容易标明特征，较容易收集到情报。而柴犬系的混血犬基数比较大，大多特征不太明显，所以较难收集情报。

年龄差异

○ 幼犬（0～1岁）对万事万物都很感兴趣，很容易跟在其他正在散步的狗狗或者玩耍的小孩后面跑。如果在家附近找不到，很有可能是被别家收养了。

○ 成犬（1～7岁）体力充实，好奇心旺盛，很爱动。成犬会对各种东西、各种气味感兴趣，很爱跟着这些因素移动，行动范围很广，但移动速度会比较慢。

○ 老年犬（7岁以上）对外界不怎么感兴趣，基本是直线行动。因为是蹒跚着走直线，所以最终找到它们的时候，往往会比预想的走得更远。不过，老年犬的体力也比较容易耗尽，所以过了一段时间后，它们就比较容易固定待在一个地方，不再动弹了。

季节活动差异

春 这个季节对于狗狗来说很方便，白天黑夜都能行动，而且也是它们的发情期，失踪犬很多。

夏 白天狗狗会在公园或者车下、树荫里休息，在傍晚和夜间活动。因为夏季也是常放烟火的时节，所以较常出现狗狗被巨响惊吓后跑丢的情况。

秋 这个季节对于狗狗来说也比较舒服，方便大范围活动，而且也是狗狗的发情期，秋季失踪犬的数量也很多。

冬 虽然白天夜晚都可以活动，不过冬季里狗狗大多会选择暖和的白天行动，晚上倾向于躲在仓库、建筑材料堆放场等温暖的地方。

张贴启事、投放传单的注意事项

早期张贴启事的主要目的，是摸清狗狗向哪个方向跑了。所以一开始要以失踪地点为圆心，360度全方位张贴启事，尽量保证没有遗漏。第一阶段的目标是贴够三百张。寻狗的时候一般不建议往别人家中投放传单，而是建议去狗狗的散步路线上或公园等常有养狗人聚集的地方，一边询问情况，一边面对面递交传单，这样效率更高。

如何寻找兔子

兔子的搜索要点

现在作为宠物饲养的兔子，是野生穴兔的改良品种。穴兔会在森林、田地、草原等地方挖洞生活，所以一般在住宅区走失的兔子往往会躲进排水沟和房檐下等又暗又窄的地方。尤其是生性胆小的兔子，更容易选择这类地方躲藏。

季节活动差异

春 这个季节是兔子最舒服的时节，白天黑夜它们都能活动。

夏 夏季是兔子最厌恶的季节。它们不适应潮湿气候，梅雨季对于它们来说就很危险了。白天兔子会在黑暗且通风较好的地方躲起来，它们大多挑选傍晚到夜间这个时间段活动。

秋 对于兔子来说相对舒适，天凉快下来之后，兔子白天晚上都较活跃。

冬 在这个季节，兔子会选择白天暖和的时间段活动，晚上会找些不算太冷的排水沟或巢穴躲起来。

张贴启事、投放传单的注意事项

在住宅区迷路的兔子一般会因为墙壁或道路等障碍物的阻拦，没法一口气跑得太远。一开始可以先选择投放传单，或者找附近居民询问情况来收集情报。传单可在半径两百米的范围内360度地毯式投放。注意一边投递传单，一边去排查家中院子、排水沟、屋檐下等目力所及之处，搜索诸如粪便、足迹、啃噬痕迹（兔子咬茎秆和叶子的印记很像小刀切下来的一样，切面很锐利）等。启事需要贴一百张左右。

如何寻找鸟类

鸟类的搜索要点

鸟类能飞到很远的地方，不会被建筑物影响。它们也常会在公寓的阳台和走廊上被人捡到。寻找时，可以通过张贴启事大范围收集信息。鸟类比较喜欢通风好，较干燥的地方。所以寻找时，可以注意杂树林附近、公园等一些草木茂盛的地方。可以带着望远镜，注意多抬头寻找。

季节活动差异

春 对于昼行性的鸟类来说，春季是很方便行动的时节。鸟类在这个季节的白天比较活跃。

夏 鸟类一般会在清晨或傍晚等较为凉爽的时间段活动，白天比较热的时候，在树上等通风较好的地方休息。

秋 对于鸟类来说是很舒适的季节。天气凉爽后，鸟类不但会在清晨傍晚活动，白天也会很活跃。

冬 在这个季节中，鸟类会选择白天比较暖和的时段活动，因为天气寒冷，可能会极度消耗体力，所以比起其他季节，鸟类在冬季的移动距离一般较短。

张贴启事、投放传单的注意事项

首先以失踪地点为中心，向360度放射状张贴启事，再另选一些容易聚集人气，容易获得信息的商店街，做重点张贴。根据地点不同，张贴启事的方式也会有所不同。启事的数量在三百张左右。

投放传单时注意同时检查肉眼可见范围内的阳台、树、电线等鸟类歇脚的地方。

如何寻找雪貂

雪貌的搜索要点

雪貂爱躲在黑暗狭窄的地方，所以杂物间、房檐下自不必说，还需要仔细确认它们是否在排水沟里、院子里筑巢。雪貂属于夜行性动物，不过很多雪貂也会顺应饲主的生活节奏去生活，所以要具体案例具体分析。

季节活动差异

春 这个季节很方便移动，雪貂白天黑夜都可以活动，这个季节未绝育的雌性会发情。

夏 气温超过30摄氏度时雪貂会患上热射病，所以这个季节对于它们来说是极其危险的。白天它们会躲在黑暗且通风的地方，选择在傍晚到夜间较凉爽的时段活动。

秋 这个季节对于雪貂来说比较舒适，天气变得凉爽之后，雪貂白天夜晚都会很活跃。

冬 雪貂较耐寒，但它们更喜欢在白天较暖的时段活动，夜间则躲在排水沟或巢穴内，一些未绝育的雄性会从这个季节一直发情到夏季。

张贴启事、投放传单的注意事项

丢失的雪貂大多会在失踪现场附近被发现，大多数雪貂不会一口气跑得很远。搜索时在家附近投放传单会比较有效。自力更生摸排几百户人家是很困难的，这时候就需要发放传单，发动住户帮忙一起找。注意要一边投放传单，一边在目之所及的范围内，一家一家地确认空隙、庭院。

此外，考虑到雪貂也有可能跑远，所以可在传单投放范围之外，再一圈圈张贴启事，大约需要张贴一百张。

如何寻找土拨鼠

土拨鼠的搜索要点

土拨鼠是有领地意识的动物，所以并不会一口气跑出去太远。如果在住宅区丢失，它们大多会躲进石头缝隙、排水沟等狭窄幽暗的地方，或在庭院、空地等有土的地方挖洞藏身。如果家附近正好有田地，那丢失的土拨鼠很有可能把那儿当成了觅食的地方，所以一定要去那里找找。因为土拨鼠是昼行性动物，所以在夏天较热的时候，它们会在清晨、傍晚等比较凉爽的时间段内活动。不过也有个体差异，所以建议参考自家土拨鼠的日常习性，灵活调整搜寻时段。

季节活动差异

春 方便移动，土拨鼠白天黑夜都能行动。

夏 天气很热的白天，它们会在巢穴内或通风较好的地方躲藏，在清晨或傍晚等比较凉爽的时间段活动。

秋 这个季节对于土拨鼠来说比较舒适，天气变得凉爽之后，它们白天夜晚都会很活跃。

冬 土拨鼠相对耐寒，但如果是特别寒冷的日子，它们就基本不动了。它们会专挑白天比较温暖的时间段活动，夜间则会躲在排水沟或巢穴内。

张贴启事、投放传单的注意事项

比起大路，土拨鼠一般会选择在不容易被人看到的狭窄区域或者院子行动。但是入户摸排上百户人家不现实，因此需要发放传单，请住户帮忙。同时需要注意，请一边投放传单，一边在目之所及的范围内，一家一家地确认有空隙的区域。尤其需要检查院子里有没有挖洞的痕迹（明显特征就是土会在洞口堆得很高）。此外，考虑到土拨鼠也有可能跑远，建议在传单投放范围之外，再一圈圈张贴启事，扩大搜索范围，启事需要张贴一百张左右。

图书在版编目（CIP）数据

宠物侦探故事集 / （日）藤原博史著 ; 董纾含译.
南京 : 译林出版社，2025. 8. -- ISBN 978-7-5753
-0873-1

Ⅰ. I313.55

中国国家版本馆CIP数据核字第202510SK03号

著作权合同登记号 图字：10-2022-327号

宠物侦探故事集 ［日本］藤原博史／著 董纾含／译

责任编辑 王 玥
装帧设计 金 泉
水彩手绘：吴嘉睿
校 对 戴小娥
责任印制 闻媛媛

原文出版 扶桑社，2013
出版发行 译林出版社
地 址 南京市湖南路 1 号 A 楼
邮 箱 yilin@yilin.com
网 址 www.yilin.com
市场热线 025-86633278
排 版 南京展望文化发展有限公司
印 刷 江苏苏中印刷有限公司
开 本 787 毫米 × 1092 毫米 1/32
印 张 7.875
插 页 2
版 次 2025 年 8 月第 1 版
印 次 2025 年 8 月第 1 次印刷
书 号 ISBN 978-7-5753-0873-1
定 价 49.00 元